कोंपल-कथा

उपन्यास

वाणी प्रकाशन

नयी दिल्ली-110002

फोन : 23273167, 23275710 • फैक्स : 23275710

e-mail : vani_prakashan@yahoo.com

vani_prakashan@mantraonline.com

कोंपल-कथा

अरुण प्रकाश

वाणी प्रकाशन का 'लोगो'
विख्यात चित्रकार मक़बूल फ़िदा हुसेन की
कूची से

ISBN : 81-7055-218-4

वाणी प्रकाशन

21-ए, दरियागंज, नयी दिल्ली-110002
द्वारा प्रकाशित

फोन : 0091#11#23273167, 23275710
फैक्स : 0091#11#23275710
ई-मेल : vaniprakashan@gmail.com
vani_prakashan@yahoo.com
वेबसाइट : www.vaniprakashan.com

प्रथम संस्करण : 1993
द्वितीय संस्करण : 2008

मूल्य : 125.00
आवरण सज्जा : राजकमल
शिव शक्ति प्रेस, शाहदरा दिल्ली-110032
द्वारा मुद्रित

KONPAL-KATHA (Novel)
by : Arun Prakash

अपनी बात

यह 1972 की बात है। मैं कथा-लेखन छोड़कर सुघड़ गद्य की तलाश में कविता की ओर मुड़ा था। करीब दस साल काव्य-भाषा का रियाज़ करने में निकल गये, लेकिन कविता से गद्य में मुड़ने की ललक क़ायम रही। यों, बांगला कवि सुकांत भट्टाचार्य की 'पूरी पृथ्वी के गद्यमय' होने की बात भूली नहीं थी। गद्य की गीतात्मकता को ढूँढ़ना कितना कठिन है, इसका अनुभव अपनी इस पहली गद्य-कृति के लेखन के दौरान हुआ। कोई पाँच बार लिखे जाने के बाद 1982 में यह उपन्यास पूरा हुआ और आठ साल बाद प्रकाशित हो रहा है।

इस गद्यमय पृथ्वी में गीतों की अनुगूंज तलाशने और गद्यमय जीवन के कठोर अनजाने पहलुओं के प्रति उत्सुकता जगाने में मेरे साथियों, मित्रों का भारी योगदान रहा है। रामेश्वर प्रशांत, प्रकाश चंद्रायन, शंभूशरण शर्मा, एस० आर० बी०, स्व० कामरेड सीताराम मिश्र, यू० पी० सिंह, लक्ष्मण ठाकुर, अखिलेश्वर, नईमुलहक, अब्दुल मन्नान जैसे मित्रों ने मुझे ज्ञान, अनुभव और स्नेह से इतना समृद्ध किया है कि औपचारिक धन्यवाद-ज्ञापन ओछा पड़ जायेगा।

सन् '70 के आसपास ग्रामीण समाज में नवधनाढ्य वर्ग का उदय और तज्जनित सामाजिक विकृतियाँ उभरनी शुरू हुई थीं, तब से अब में बड़ा फर्क है। अब तो नवधनाढ्य वर्ग फल-फूल रहा है।

यों, नवधनाढ्य वर्ग के उदय जैसी सामाजिक गतिशीलता की औपन्यासिक पुनर्रचना एक बड़े फलक की माँग करती है। लेकिन एक बड़े उपन्यास के लेखन में समय भी उतना ही अधिक लगता है। इसीलिए इस बड़ी परिघटना के एक पक्ष के माध्यम से ही परिघटना का सूक्ष्म रूप

सामने रखने की कोशिश की गयी है।

इस उपन्यास को लिखने के पीछे मेरा आग्रह यह था कि तात्कालिकता भी सामाजिक यथार्थ का एक पहलू है और उसे नजरअंदाज़ करने के बजाय उसमें हस्तक्षेप करना चाहिए।

मैं सारिका संपादकीय परिवार का आभारी हूँ कि इस उपन्यास को प्रकाशित कर व्यापक पाठक-समुदाय तक पहुँचाया। एक लेखक के लिए हस्तक्षेप का यही रास्ता बचता है।

पॉकेट ई/153 बी, दिलशाद गार्डन
दिल्ली-110095

—अरुण प्रकाश

1

रात-भर बारिश होती रही थी। बसंत की पहली बारिश से तृप्त पृथ्वी की अलस-भरी आँखों में झीना मौन तना था। आकाश में कुछ परेशान बादल अभी भी थे। सूरज अपनी दिनचर्या पूरी करने में लगा था। वह सवेरे-सवेरे लाल डगरे की तरह आकाश के पूर्वी सिरे से धीरे-धीरे उठ रहा था।

मँझौल गाँव का यह मुहल्ला रोशनी के साथ कुलबुलाने लगा था। सूर्य के प्रकाश के साथ लग पड़ने का रिवाज पता नहीं कब से चला आ रहा है, कोई नहीं जानता। फिर भी लोग रोशनी के साथ उठते हैं और आगे बढ़ते चले जाते हैं।

तकरीबन सौ घरों का यह सतमहला टोला, मँझौल गाँव के जरूरी अंग की तरह है, जैसे हाथ। कागज पर नाम सतमहला टोला है, पर लोग इसे मल्लाहों की ज्यादा आबादी के कारण गोढ़ी टोला ही कहते हैं। नाई, मल्लाह, कहार, बढ़ई, बनिया सब बसते हैं। पास ही ब्राह्मणों का भी छोटा-सा मुहल्ला है। बीच में भूमिहारों के घर हैं। इलाके के सबसे पुराने जमींदारों के मकान महल कहलाते थे। इसी से नाम पड़ा सतमहला। ऊँचे और बड़े लोगों के महल के ठीक बगल से लक्ष्मण रेखा की तरह खिची है सतियारा चौक की ओर जाने वाली सड़क। सड़क के दक्षिण सटा है, पुरानी बैलगाड़ी के तेतला, कनैली, पहिये की तरह फूस और फटी बिवाई-से खपरैल के मकान। दरिद्रता की झील।

फुलेना नाई की भाभी, जिसे सारा गाँव जौनावाली के नाम से जानता है, हवेली के फीलखाने की दीवार पर उपले थाप रही थी। वह झुकती, गोबर का गोला उठाती और गोले को तौलती हुई थपाक्-से दीवार पर

थाप देती। कभी इस फीलखाने में हरिनारायणप्रसाद राय का हाथी बाँधा जाता था। अब हाथी नहीं रहा, और वे भी हरिपरसाद बाबू भर रह गये हैं। रौब-दाब थोड़ा लोग आदतन मानते हैं। चूँकि जौनावाली का मर्द बटेरन नाई हरिपरसाद बाबू का पुराना कमियाँ है, इसलिए जौनावाली उनके फीलखाने की दीवार पर उपले थाप ही सकती है।

फुलेना ने घर से निकलते देख लिया था। भौजी उपले थाप रही है। बहुत सवेरे से जुट जाती है। क्या करे, गाँव में तो यह सब करना ही है। गाय से ही तो परिवार चलता है, हजामत बनाकर अब कहाँ-से पेट भरने वाला है। अब कौन किसान, कौन मालिक फसल में नाई का हिस्सा अलग करता है? सैलून तो हर गाँव में खुलता जा रहा है। हर गाँव के चौक पर चाय, पान की दुकान और सैलून। बाल कटवाओ, पैसे दो। अनाज देने का झमेला कौन करे?

मजबूत और साँवली देह की जौनावाली की नजर फुलेना पर पड़ी। उसके हाथ रुक गये। वह फुलेना की ओर मुड़ी।

"हवेली जा रहे हो, बबुआ?"

"क्या करूँ, भौजी? भैया मानते नहीं। बोले—तुम तो कलकत्ता में रहते हो, हमें तो गाँव में रहना है तो मालिक का बेगार करना ही पड़ेगा। दो दिन की बात है, इसीलिए सोचा कि भैया की बात मान लूँ।"

"जाओ बबुआ, इ मालिक लोग नाऊ को तो पैर की जूती समझते हैं! हमरी तो जिंदगी कट गयी, जो बाकी है सो कट जायेगी।"

फुलेना आगे बढ़ गया। जौनावाली उसे जाते देखती रही। काम का ध्यान आते ही उसने फिर गोबर का लोंदा उठाया और दीवार पर थाप दिया। कल साँझ भी दोनों भाई झगड़ गये—इसी बेगार की बात पर। अब फुलेना काहे नाऊ का काम करेगा? वह करखनिया मजदूर है। कलकत्ता में कमाता है। घरवाली भी स्कूल में आया का काम करती है। टी० बी० से बीमार भैया को देखने आया और भैया ने कह दिया—हरिपरसाद बाबू के काम से महथी जाना है। दो दिनों का काम है। भड़क गया इसी पर बबुआ—'तुम इ सब चिंता मत करो भैया! मैं नहीं

जाऊँगा। छुट्टी कम है। मैं तुम्हारा इलाज करवाने आया हूँ, हरिपरसाद का काम करने नहीं ?' बड़ा दुःख हुआ इनको। रात में सिर दबा रही थी तो बोले—'अपना बाल-बच्चा होता तो फुलेना से यह सब नहीं सुनना पड़ता।' इस सूखी, बंजर कोख में बच्चा कहाँ से आयेगा अब इस उमर में ! रोज-रोज रोने से क्या होगा, हँसती हूँ तो लोगों ने नाम ही रख दिया—मखौलिया जौनावाली ! जी नहीं लगता तो फुलेना को चिट्ठी लिखवाती हूँ, वही आकर कलकत्ता ले जाता है। उसी के बाल-बच्चे को देखकर जुड़ा जाती है छाती···जमाना ऊ नहीं रहा, काहे फुलेना बेगार पर जायेगा ? बहुत किया है, हरिपरसाद मालिक के यहाँ भी नौकर में खटता था—बर्तन माँजो, कपड़ा धोओ, बच्चा खेलाओ।···इ तो लछमन जैसा भाई है फुलेना, जो इनका बात आखिर मान गया···'

घर में जाकर इनका थूक-खखार भी साफ करना है। दूध गरम कर देना है। भगवान करे, इ राज रोग टी० बी० गरीब को नहीं हो, दवा से बेसी खुराकी··

जौनावाली ने टोकरा उठाया और अपने घर जाने वाली अंधी गली में मुड़ गयी। हरिपरसाद बाबू के घर के पीछे सड़क पार से वह गली शुरू हो जाती थी। गली की पहली झोंपड़ी उसी की है। उसके ठीक सामने हवेली की आखिरी खिड़की थी।

भाई की बात मान लेने पर भी फुलेना को अफसोस बना रहा, लेकिन उपाय क्या था ! भैया को बाल-बच्चा नहीं है और इस उम्र में कोई तकलीफ हो तो तकलीफ की जड़ बाल-बच्चा नहीं होना ही लगता है। भैया से ज्यादा हिम्मत तो भौजी में है। चाहे कुछ हो, कोई हो, भौजी हँसते-हँसते मजाक कर ही बैठेगी। रात भी तो बोल गयी—'बाल-बच्चा नहीं है, इ फुलेना क्या हमरा चच्चा है···हमरे लिए यही देवर है, यही बेटा है···तुम इ सब बेकार सोचते हो—उस तरफ पलटो—पीठ में मालिश जरूरी है·· "

गेट से घुसते ही विशाल हाते में व्याप्त सूनापन उसे छू गया।

हवेली की दीवारों की पुताई बरसों से नहीं हुई है। दीवारों पर

सफेदी की जगह काई ने ले ली है। ईंटों में नोनी का कोढ़ लग गया है। बिना पलस्तर वाली दीवारें तो कभी भी भारी बरसात में गिर सकती हैं। जिन दीवारों पर राजमिस्तरियों को नक्काशी करने में महीनों लगे होंगे, वही पुताई-रंगाई के अभाव में वृद्धा विधवा की तरह दिखायी देती है। हवेली के सामने मखमल की तरह मुलायम घास लगी रहती थी, वहाँ मकई के ठठेर का ढेर है। घोड़े के अस्तबल के सामने बैल बँधे हैं। बहरा-गूँगा बंधू हलवाहा बैलों को सानी दे रहा है। पुराने दिनों की निशानी नारियल और अशोक के पेड़ उसी तरह खड़े हैं। बरसात और धूप सहती फिटिन (विक्टोरिया) एक किनारे खड़ी है।

सूने दालान पर नजर पड़ते ही हवेली में बीते दिनों की बातें फुलेना की आँखों के सामने घूमने लगीं। किशोर वय का फुलेना···पानी भरते, धोती फींचते, हुक्का भरते, शतरंज की बिसात बिछाते-समेटते। पगली दादी, हरिपरसाद बाबू की पत्नी की जहर से नीली पड़ गयी लाश ! मैनेजर साहब की जहर-बुझी मुस्कान ! उसे लगा कि इस नरक की याद आती रही तो वह उल्टी कर बैठेगा।

पर स्मृतियाँ इतनी आसानी से कहाँ छोड़ती हैं ! इस हवेली की कोई सुखद स्मृति है तो हरिपरसाद बाबू के बच्चे—राम बाबू, अशोक बाबू, विभा और नन्ही-सी गुड़िया ज्ञान। अब तो सब बड़े हो गये। राम बाबू मुंगेर में वकालत करते हैं। छोटे भाई अशोक बाबू खेती-पथारी सँभालते हैं। विभा की शादी महथी गाँव में हुई है। ज्ञान की शादी के लिए ही लड़का देखा जा रहा है और इसी के लिए उसे बुलाया गया है। उसे और छुट्टी लेनी पड़ेगी। बटेरन भैया को क्या पता कि सालाना छुट्टी के बदले में जो पैसे मिलते हैं वह हरिपरसाद बाबू से मिलने वाले अनाज वैगरह से कहीं ज्यादा होते हैं।

दालान को अभी भी कचहरी कहा जाता है। संगमरमर की टॉप वाली टेबल, पुराने शिल्प की चीकट लगी कुर्सियाँ, चौकी, संगमरमर का टूटा फर्श। पहले का जमाना होता तो सवेरे से ही लोग भर जाते। मैनेजर साहब से खुसुर-पुसुर करते। अब यहाँ न फरियाद है, न फैसला देने वाले जमींदार। पूरी कचहरी सजायाफ्ता कैदी की तरह सुन्न है।

दालान से अंदर हवेली को जाने वाला रास्ता खुला है। लगता है, हरिपरसाद बाबू कहीं गये हैं। रुकना पड़ेगा। फुलेना बैठना चाहता है। वहाँ कुर्सी पड़ी है। पर मालिक और अपनी हैसियत सोच वह रुक गया। कौन बवाल मोल ले--शूद्र होकर कुर्सी पर बैठना···। हालाँकि कुर्सी पर बैठने से कुर्सी घिस नहीं जायेगी। वह दालान के खंभे से पीठ टिकाकर खड़ा हो गया।

हवेली के अंदर से खटर-पटर की आवाज आती रही। ज्ञान बर्तन साफ करके उठती है। चूल्हे पर सब्जी की कड़ाही चढ़ा देती है। बुझी लकड़ी को आगे खिसकाकर फूँक मारती है। थककर पंखे से हवा करने लगती है। दूसरे चूल्हे पर चाय की केतली चढ़ी है। ज्ञान ग्लास में छन्ना लगाती है और चाय छानने लगती है। रसोई के बगल वाले कमरे से बुढ़िया दादी की आवाज आती है, "ज्ञान, चाय पिला देती, बेटी !"

"आ रही हूँ !" कहकर ज्ञान उठ जाती है।

खाट पर गठरी की तरह पड़ी दादी के हाथ में ग्लास थमा देती है। दादी अपने झुर्रियों-भरे चेहरे पर बायीं हथेली फिराकर नींद को भगाने की कोशिश करती है। कमरे में सीलन और अंधकार है। ज्ञान जैसे ही मुड़ती है कि बाहर से आवाज आती है—"मालिक, मालिक !"

बैठकखाने का गलियारा पार कर दरवाजे पर से झाँककर ज्ञान ने देखा—एक आदमी खंभे से लगकर खड़ा है। चेहरा ठीक से नहीं दिखायी दिया।

"क्या बात है ?"

"मैं फुलेना हूँ। बटेरन नाई का भाई। मालिक ने बुलाया था··· ।"

"बाबूजी तो खेत की तरफ गये हैं, आप बैठिए···आते होंगे···मैं ज्ञान हूँ···मैं तो आपको बचपन से ही जानती हूँ !"

"तुम इतनी बड़ी हो गयीं···" फुलेना अटका, फिर सँभला, "आप इतनी बड़ी···गलती हो गयी। मालिक लोग को 'तुम नहीं' कहना चाहिए।"

"मैं बड़ी हो गयी, बी० ए० तक पढ़ गयी, इससे आपसे बड़ी थोड़े ही हो जाऊँगी···बाबूजी आ ही गये !" ज्ञान अंदर चली गयी।

"आ गये फुलेना ! बटेरन कैसा है ?" हरिपरसाद बाबू ने पास आते ही पूछा।

"गोर लागी (पाँव छूता हूँ) मालिक।"

"खुश रहो, बटेरन का खूब खयाल रखना, भगवान तुम्हारे जैसा भाई सबको दे।···तुमको बुलाया इसलिए कि महथी गाँव में एक लड़के का पता चला है। ··ये पुरजा है, इसमें लड़के का नाम, बाप का नाम लिखा है। वहाँ जाकर मेरी बड़ी बेटी विभा के पास ठहरना, वह सब पता लगा देगी कि लड़के को कितनी जमीन है, कहाँ तक पढ़ा-लिखा है, कितना दहेज देना पड़ेगा ·· यह पैसा खर्च के लिए रख लो।"

फुलेना वापस लौटने के लिए मुड़ा।

हरिपरसाद बाबू ने टोक दिया, "छोटी बबुनी से मिलकर चिट्ठी वगैरह ले लो···जाओ !"

फुलेना ठिठका। हवेली के अंदर जाने में झिझक सामने आ गयी।

"जाओ अंदर, अरे तुम तो काफी साल यहाँ नौकर रहे, शरमाते काहे हो ?"

फुलेना को ओसारे में खड़ा देखकर ज्ञान उठ खड़ी हुई। शलवार और कुरता, गले से लिपटी ओढ़नी को उसने ठीक से सजाया और फुलेना की ओर बढ़ी।

"मालिक ने कहा—चिट्ठी ले लो। विभा बबुनी के यहाँ जाना है।"

"आप बैठिए !" ज्ञान ने खाट की ओर इशारा किया, "मैं चिट्ठी लिखकर लाती हूँ।"

ज्ञान अपने कमरे में बिस्तर पर लेटकर चिट्ठी लिखने लगी।

'प्यारी दीदी,

चरण स्पर्श !

बहुत दिनों से तुम्हारा समाचार नहीं मिला है। मैं तुम्हारा कुशल-मंगल जयमंगला माता से मनाती रहती हूँ। मन तुम्हारी ओर लगा रहता है। मेरा दुःख इस घर में तुम्हारे सिवा समझता भी कौन है ? हवेली अब सिर्फ इस घर का नाम है। वैसे यह शमशानघाट की तरह सूनी रहती है। न

पैसा, न कोई सुख, बस झूठी इज्जत रह गयी है। तुम तो ससुराल में रोते-झगड़ते भी जी रही हो, लेकिन मैं सिर्फ मशीन हूँ। खाना बनाना, झाड़ू लगाना, कपड़े धोना, पुरानी किताबें पढ़ना, रेडियो सुनना यही काम है। घर में बराबर छोटे भइया और बाबूजी में शादी को लेकर झगड़ा होता रहता है। बड़े भइया को अपनी वकालत और गृहस्थी से मतलब है। छोटे भइया दहेज में पैसा खर्च करने को तैयार नहीं हैं। बाबूजी खेत बेचकर भी, दहेज देकर, मेरी शादी करना चाहते हैं। छोटी भाभी नैहर से आने वाली हैं, तब तो घर और नरक हो जायेगा।

दीदी, हरदम यही लगता है कि मैं लड़की नहीं, लाश हूँ, जो सड़ रही है और इस लाश को उठाकर चिता पर जलाने को कोई तैयार नहीं है। ···पास-पड़ोस की औरतें चुगली खाती रहती हैं – ज्ञान तो तीन बार पेट गिरा चुकी···बाप उसकी शादी क्यों करेगा ?···

···ज्ञान का खेत जोतने के लिए बंधू हलवाहा है ही···तुमसे ज्यादा मेरे बारे में कोई नहीं जानता ! मर्द कैसा होता है, मैंने जाना नहीं। दूर से देखा है—सपने की तरह। दादी कहती है – कोई राजकुमार आयेगा, तुझे ब्याह ले जायेगा। क्या राजकुमार इतना गरीब होता है कि वह मुझसे पैसे लेगा, तभी ब्याह करेगा ?

मुन्ना को प्यार और जीजाजी को नमस्ते।

तुम्हारी अभागी बहन
ज्ञान'

"यह चिट्ठी सिर्फ विभा दीदी को ही दीजिएगा और किसी को नहीं।···दीदी से भी चिट्ठी लेते आइएगा।"

लिफाफे को हाथ में लेकर फुलेना बाहर निकला। ज्ञान उसके पीछे चलती दरवाजे तक आयी और दरवाजा बंद कर बैठकखाने के भयावह अंधकार में गुम हो गयी।

2

आज बाबूजी जयमंगलागढ़ पूजा करने गये हैं। तब भी इतना काम है। अशोक भैया को तो चौक पर मटरगश्ती से फुर्सत नहीं। नाश्ता करके निकलेगा, बारह बजे चौक पर से पान चबाते हुए लौटेगा। कभी कोई छोटा काम, बाजार का ही कह दो, तो फट् से बोलेगा - 'बंधू से मँगवा लेना।' गूँगे-बहरे बंधू से क्या होगा ? कागज पर सब लिखकर दो, तब भी क्या होता है ? दुकानदार थोड़े ही पढ़ा-लिखा होता है। जो भी सामान थमा दिया, ले आयेगा। अब औरतों के काम में आने वाला सामान थोड़े ही बंधू से मँगवाया जा सकता है ? वह तो जौनावाली है, खिड़की से आवाज दो तो भागी चली आयेगी। भले ही नकली गुस्से से चार मजाक करेगी। लेकिन जौनावाली से ही तो दिल की बात कह पाती है। ढंग के कपड़े पहनना, थोड़ा चेहरा-मोहरा ठीक कर लेना भी उससे नहीं हो पाता है। आईने के सामने बैठते ही सवाल उठता है—किसके लिए ? इस घर में कोई आता-जाता नहीं। स्कूल की सहेलियाँ भी नहीं आतीं। कौन माँ-बाप ज्ञान जैसी बदनाम लड़की के घर अपनी बेटी को आने देगा ?

क्या से क्या हो जाता है ! मुंगेर में पढ़ते समय कभी नहीं लगा कि आगे ऐसा होगा। काम करते-करते हाथों में गट्टे पड़ जायेंगे। लल्लू पोखर से रिक्शे पर बैठना और कॉलेज जाना। घर आकर काम-काज में भाभी की मदद करना। गुड्डू और रानी के साथ खेलना या पढ़ाना। भाभी के साथ बाजार से सब्जी, मछली ले आना। भैया अपने स्टडी में डूबे रहेंगे या किसी मुवक्किल से बात करते रहेंगे। वर्ना चुप। बहुत हुआ तो कभी उससे कहेंगे—'ज्ञान, सफेदवाली शर्ट पर आयरन कर देना। तेरी भाभी से एक वही काम नहीं होता है !' भैया ने नौकर कभी रखने नहीं दिया। कहते —'अब कहाँ के जमींदार ? अपना काम आप करो और मजे से रहो।' कितने मजे के वे दिन थे ! पड़ोस से प्रोफेसर सिन्हा आ जाते। भैया के साथ शतरंज में जुट जाते। कितनी ही बार उसे चाय बनाकर देनी पड़ती। प्रोफेसर सिन्हा बैठकखाने से ही चिल्लाते—'ज्ञान' तेरे होटल में चाय मिलेगी ?' पहले-पहले प्रोफेसर सिन्हा का ऐसा कहना उसे बुरा

लगा था। पर धीरे-धीरे प्रोफेसर सिन्हा के मजाकिया स्वभाव से वह परिचित हो गयी थी। प्रोफेसर सिन्हा का छोटा परिवार था। पत्नी, छोटा भाई मनु और बेटा बंटी। छोटा भाई मनु ! मनु भी उसके साथ ही कॉलेज में पढ़ता था। साँवला, लंबा, पढ़ाकू, चश्मा लगाता था। अपने भाई के ठीक उल्टा, चुप्पी ओढ़े रहने वाला। उसे बराबर आना पड़ता था — कभी सब्जी लेकर, कभी मिठाई लेकर। कभी भाभी के कहने पर कुछ माँगने। लेकिन हमेशा तौलकर बोलता, एक-एक शब्द साफ और वजनदार। 'भाभी ने नमक मँगवाया है।' अब इसी को ऐसा भी कह सकता था—'भाभी ने नमक माँगा है' दीजिए। नहीं, साहब हमेशा घुमाकर बोलेंगे।

गर्मी की छुट्टी थी। लंबी छट्टी। कोर्ट, कॉलेज बंद। भैया ने गाँव आने का प्रोग्राम बनाया था। प्रोफेसर सिन्हा का परिवार साथ हो लिया था। घर पर जाने के बाद सब लोग ताँगे से जयमंगलागढ़ गये थे। पूजा के बाद, खाना खाकर भैया और प्रोफेसर सिन्हा झील में नाव का आनंद लेने चले गये। औरतों को उस छोटी नाव में बैठनें से डर लगा था। मनु देखभाल के लिए रह गये थे। भाभी और मिसेज सिन्हा मंदिर के चबूतरे पर बैठी रहीं। चुप्पा महाशय अपनी किताब में उलझे थे। बंटी, गुड्डी, रानी गढ़-स्थान के बंदरों को देखकर बड़े प्रसन्न थे। बंदर की तरफ वे केले का टुकड़ा फेंकते। बंदर आते और उठाकर खाने लगते। तीनों बच्चे हाथ में केले लिये आगे बढ़ते गये। अचानक एक बंदर झपटा। बच्चों के हाथ से केले लेकर चल पड़ा। बच्चे डर से भाग गये थे। अचानक सामने से तीन छोटे-छोटे नटखट बंदर झपटे। तभी जोर से उसकी चीख निकली। होश भी कहाँ रहा। मनु के शरीर से कब लिपट गयी थी, याद नहीं रहा। मनु ने ही झकझोरा - 'ज्ञानजी, छोड़िए मुझे, बंदर चले गये।' शर्म से उसका रंग सलोना हो गया था। अपने को सँभालती किसी तरह मंदिर के चबूतरे तक पहुँची। भाभी और मिसेज सिन्हा हँसते-हँसते लोट-पोट थीं। भाभी ने कहा था—'डर लगा ? किससे ? बंदर से या मनु से ?'

मनु से सचमुच उसे डर लगने लगा था। सामने पड़ते ही आँखें जमीन पर टिक जातीं। आँखें थिर, कान चौकस। मनु की सूरत आँखों के आगे

नाचती रहती। मनु भी ज्यादा घर आने लगा था। लेकिन वैसे ही चुप रहता। परीक्षा होते ही भैया ने गाँव भिजवा दिया था। तब से मुंगेर जाने का मौका ही नहीं मिला। भाभी की चिट्ठी आती है। मिसेज सिन्हा का हालचाल लिखा रहता है। मनु के बारे में आखिरी बार उन्होंने लिखा था —'मनु प्रथम श्रेणी में पास कर गया है।' बस! मनु कहाँ होगा? क्या करता होगा?

ज्ञान ने लबी साँस ली। भाभी को चिट्ठी लिखूँगी। पर अभी तो कितना काम है। गेहूँ साफ करना, धूप में सुखाना फिर बंधू के हाथ चक्की पर पिसवाना। अकेले तो मुश्किल है। वह उठी, खिड़की के पास रखी टेबुल पर कुर्सी रखकर, कुर्सी पर चढ़ गयी और आवाज देने लगी, "जौनावाली, जौनावाली! तनी आवो (तनिक आओ)!"

ज्ञान ने ओसारे पर पड़े बोरे का मुँह खोलना शुरू किया था कि तूफान की तरह पिछले दरवाजे से जौनावाली घुसी।

"हम तोहर मरद छियौ कि? हरदम-हरदम जौनावाली-जौनावाली! हमरा बिना मन नईं लगै छौ?" (मैं तुम्हारा मर्द हूँ क्या कि हरदम पुकारती रहती हो? मेरे बिना मन नहीं लगता है?)

"बिना बियाहल (बिन-ब्याहे) देवरानी को भौजी बिना चैन कहाँ? तुम तो मिठ्ठी भौजी हो!"

"ए रहे दीजिए! कोनो काम होगा!"

"भौजी, तन रहेगा तो काम होगा, मन रहेगा तो बतिआयेंगे!"

"हटो···इ फूल सन देह! इनसे बोरा हटेगा?"

जौनावाली गेहूँ निकालने में जुट गयी। ज्ञान सूप से फटकती जाती। धूल से जौनावाली और ज्ञान के चेहरे भर गये। कपड़े भी धूल में सन गये थे। जौनावाली उठी और एक पुरानी दरी आँगन में बिछाने लगी। थोड़ी देर में सारा गेहूँ उसने दरी पर फैला दिया। ज्ञान भी फैलाने में जुटी थी। दोनों पास ही बैठी थीं कि जौनावाली को शरारत सूझी।

"ए भूत!" जौनावाली ने हाथ बढ़ाकर ज्ञान का गाल मसल दिया।

"हट, तुमको तो हरदम···इ कौन चाल है मरद की तरह करना?"

जौनावाली ने जैसे ही दुबारा हाथ बढ़ाया कि ज्ञान उठकर भागी।

लेकिन गेहूँ के दाने पर उसका पाँव फिसल गया। वह धड़ाम से गिरी।

हँसते-खिलखिलाते जौनावाली ने उसे धर दबोचा—ज्ञान छटपटाने लगी।

जौनावाली हँसती रही। ज्ञान को गुदगुदी लगाती रही।

हँसते-छटपटाते ज्ञान का बुरा हाल था।

"तेरे पाँव पड़ती हूँ ··· भौजी, छोड़ दो ··· ए जौनावाली !"

जौनावाली ने मर्दों जैसी आवाज निकाली और उँगलियों से झूठमूठ मूँछों पर ताव दिया।

"आज नहीं छोड़ूँगा दुलहिन ··· आज तो पहली रात है !"

ज्ञान को मौका मिल गया। उसने जौनावाली को जोर से धक्का दिया और कूदकर भाग खड़ी हुई।

"इ कौन उछल-कूद कर रहा है ?" दादी की टनकदार आवाज आयी। नींद से दादी उठ गयी थी।

"कोई नहीं मालकिन ! फिसलकर गिरी त उसी पर बबुनी हँस रही हैं !" जौनावाली ने कपड़े झाड़ते हुए सफाई दी।

"ज्ञान से कहो कि खाना बनाकर रखे, हरिपरसाद और अशोक आते होंगे। हँसी-ठट्ठा खत्म !" दादी ने हुक्म सुनाया।

"लो, बबुनी तो महारानी की तरह लेटी हैं ! इतना काम करवाया, इ भी नहीं कि भौजी को चाह पिला दें !"

जौनावाली की बात सुनकर ज्ञान उठ खड़ी हुई। जौनावाली ठगी रह गयी। ऐसन रूप ! गेहूँ की तरह गोरा रंग। बड़ी-बड़ी आँखें ! घने, काले बाल। सुडौल लंबी देह ! बिल्कुल रानी की तरह। लेकिन धूल में लिपटी देह ! सूनी माँग ! हे भगवान, काहे ऐसन काया को अकारथ कर रहा है !

ज्ञान और जौनावाली ग्लास में चाय पी रही थी। जौनावाली खोई है। औरत को क्या चाहिए ? पति। काहे चाहिए ? बच्चा के लिए। बच्चा काहे चाहिए ? जी जुड़ाने के लिए। खाना-कपड़ा हर घर में मिलता है। बियाह की भी उमर होती है। देह में जवानी सब दिन थोड़े रहती है। कुछ साल में बबुनी की देह मिट्टी की तरह भरभरा जायेगी। ऐसी हियाव वाली, मीठे सुभाव वाली लड़की कब तक सलवार-कुरता पहनती

रहेगी ? बिना सेनुर के औरत कहाँ ? जितने मुँह, उतनी बात। माँग में सेनुर पड़ा कि सब बात खत्म ! लेकिन लड़की त गऊ है जिसे चाहो दान कर दो। इ गऊ है और मैं बाँझ गऊ। सब टुकुर-टुकुर मेरी भरी देह देखते हैं। जैसे बच्चे की तरह किसी को भी देह में हाथ लगाने दे दूंगी ! बीस साल हो गये घर में बसते।

"ए मरदजी ! बाबूजी आते होंगे !"

"आते होंगे तो खाना बनाओ बबुनी, हमको भी काम है।"

"मेरी अच्छी भौजी ! जरा चटनी पीस दो ! तरकारी है, मैं रोटी सेंकती हूँ।"

ज्ञान रोटी सेंकने लगी। जौनावाली पुदीने की चटनी पीसने लगी।

तभी आवाज आयी, "बेटी, खाना भिजवा दो।"

"बाबूजी को खाना दे ही आती हूँ ! खाकर मैनेजर साहब के यहाँ शतरंज खेलने चले जायेंगे। फिर रात में ही आयेंगे।"

"मालिक हैं, उनको करना-धरना क्या है ··लो बबुनी, चटनी तैयार है !"

"जरा दादी को उठाकर साड़ी बदलवा दो, बस !" ज्ञान थाली सजाने लगी।

वह उठी और दरवाजे की तरफ चल पड़ी।

जौनावाली ने जैसे ही दादी से कपड़े पहनने के लिए कहा कि दादी भड़क गयी।

"काहे को तंग करती है ! इ घर में हमरा सिंगार करने की क्या जरूरत है···जिसके पहनने-ओढ़ने के दिन हैं, वह दाई की तरह खटती है, अपने दहेज के बारे में सोचती है···बाप शतरंज खेलता है···अरे ! गरीब घर में ही व्याह दो···"

"मालकिन, उठिए !" जौनावाली ने जोर देकर कहा।

"अरे काहे की मालकिन···इज्जत बचाते हैं। शादी कर देंगे सो नहीं होगा। अब कौन-सी इज्जत ? कौन साला जमींदार है···।"

"जौनावाली घबरा गयी। दादी को फिर दौरा पड़ा है। दादी को

बक-बक करने का दौरा पड़ता है। लेकिन आम तौर पर वह चुप रहती है। आँखें मिचमिचाती, अँधेरे में कुछ टटोलती।

चौकी पर थाली रखी थी। पालथी मारकर हरिपरसाद बैठे थे। हाथ में लोटे से पानी लिया और बुदबुदाकर मंत्र पढ़ने लगे। हाथ को थाली के चारों ओर घुमाया और पानी चौकी पर गिरा दिया। कौर तोड़कर मुँह में डालना चाहते थे कि ज्ञान आ गयी, "बाबूजी, रुकिए!" हरिपरसाद का हाथ रुक गया।

"बाबूजी, पहले प्रसाद खा लीजिए।" उसने हरिपरसाद के हाथों पर लड्डू रख दिया।

मुँह तक ले जाते-जाते हरिपरसाद का हाथ रुक गया।

"प्रसाद तुमने चढ़ाया है?"

"चच्चा के यहाँ से आया है। नया ट्रक खरीदा है, पूजा में चढ़ा होगा।"

"भाड़ में जाये उसका ट्रक! एक तो ऊ जले पर नमक छिड़कता है, उस पर तुम उसका प्रसाद खिलाती हो!"

फर्श पर गिरते ही लड्डू बिखर गया। हरिपरसाद उठ खड़े हुए। ज्ञान अवाक्!

"मैं डोम के यहाँ का प्रसाद खा लूँगा, पर तेरे चच्चा टुन्नू बाबू का नहीं। नाटक करता है! उससे बोलचाल तक नहीं, आना-जाना नहीं। फिर भी हरदम मेरी जड़ काटने में लगा रहता है। बैंक से लोन लेने के लिए दरखास दिया, बैंक मैनेजर को भड़का दिया। जहाँ शादी के लिए बात करने जाते हैं, वहाँ पहले से ही खबर कर देता है कि तिलक-दहेज ठीक से नहीं मिलेगा। अपने खून से बड़ा दुश्मन कोई नहीं होता है। आज हमको ट्रक दिखाता है..."

"बाबूजी, वह तो भगवान का प्रसाद था!", आँसुओं को सँभालते हुए ज्ञान ने कहा।

"भगवान का भोग भेजकर टुन्नू यही कह रहा था—हरिपरसाद बाबू, हमने ट्रक भी खरीद लिया है। मेरे बेटे स्वार्थी, जोरू के गुलाम नहीं होते तो हम टुन्नू को ट्रक दिलाते। एक वकालतखाने में मक्खी मारता है, दूसरा

बीवी से कनफुसकी सलाह लेता है, हम तो बिना पूत के बाप हैं बेटी, बिना पूत के बाप !"

अंगोछे से आँख पोंछते हरिपरसाद बाबू हवेली के हाते से चिलचिलाती धूप में बाहर निकल गये।

ज्ञान कटे पेड़ की तरह बिस्तर पर आकर गिर पड़ी। लगातार रोती रही।

तू क्यों पैदा हुई है ? औरत बनकर क्यों पैदा हुई ? औरत सदियों से खिलौना है। खिलौने रोते नहीं···चुप हो जा, खिलौने रोते नहीं··· चुप हो जा···चुप हो जा···चुप !

जौनावाली चली गयी थी दादी को बड़बड़ाती छोड़कर। दादी बोले जा रही थी :

"रोने से क्या होगा हरिपरसाद ? हाथी कहाँ गया, महावत कहाँ गया ? कहाँ गया गोरा साहब···नील कोठी का फ्रेंकलिन, विल्सन···खेत बेचो हरिपरसाद···ज्ञान अट्ठाइस वर्ष की हो गयी थी, इक्यावन हजार गिनो, बेटी की शादी करो हरिपरसाद···बेटी···"

3

सतियारा चौक ! एक सड़क पूर्व में पहसारा-बखरी को जाती है। दूसरी दक्षिण की ओर बेगूसराय जाती है, तीसरी उत्तर की ओर बरियारपुर-रोसड़ा को और चौथी पश्चिम की ओर पबरा गाँव को जाती है। सत्ती मैया के स्थान की वजह से इसे सतियारा चौक कहते हैं। सत्ती मैया के मंदिर के ठीक बगल में विशाल मोइन (गड्ढा) है। जलकुंभी और मछलियों से भरा। सारे गाँव के बरसात का पानी इसी मोइन में जमा होता है। सतियारा चौक पर बस, रिक्शे और अब निरंतर गायब होते जाते ताँगों की वजह से बहुत-सी दुकानें खुल गयी हैं। नाश्ता-मिठाई, चाय, पान-सिगरेट, परचून, दारू, ताड़ी, फल, साइकिल मरम्मत, खाद-बीज, सैलून, डॉक्टर, किताब···

सतियारा चौक आस-पास के गाँवों में बहुत प्रसिद्ध है। एक तो मँझौल गाँव ही शासकों का गाँव रहा है—बूढ़ी गंडक और काबर झील के दोआबे को सब दिन उसने अपनी जाँघ के नीचे दबाकर रखा है। कोई भी बी० डी० ओ०, थानेदार आयेगा, सबसे पहल मँझौल के मालिकों को सलाम करेगा। ऐसे गाँव का चौक है सतियारा।

सतियारा चौक पर ही सबसे पहले जिले के शहर बेगूसराय से राजनीति की हवा पहुँचती है और सनसनी का पंख लगाये इलाके के गाँव-गाँव में खबर पहुँचा आती है। तीन बजे से ही चौक पर मछलियों का हाट लगना शुरू हो जाता है। जैसे मक्खियाँ मछलियों पर टूट पड़ती हैं, वैसे ही लोग-बाग अलग-अलग चाय-पान की दुकानों पर भिनभिनाने लगते हैं––शिक्षक, बेकार नौजवान, मल्लाह, किसान, मिट्टी काटने वाले मजदूर, कॉलेज के प्रोफेसर, वाटरवेज, बिजली के ऑफिसों के बाबू और राजनीति करने वाले मंगनियाँ पंच···।

चाय पीने का असली मजा सिर्फ कामरेड की चाय की दुकान पर है। अलकतरे के ड्रम को काटकर बनाये गये चदरे से छायी हुई छत। फूस से घिरी तनिक बड़ी झोंपड़ी। उत्तर और पश्चिम तरफ की दीवार से एक-एक बेंच लगी है। उत्तर तरफ एक चौकी पर कामरेड खुद बैठते हैं चूल्हे से लगे। चाय बनाकर देते हैं, गर्म पानी से जूठे ग्लास धोते हैं।

ठीक बगल में पाँचू की पान की दुकान है।

अशोक ने चाय का ग्लास अपने हाथ में लिया और पाँचू की दुकान से पीठ टिकाकर चाय पीने लगा। इस साले की दुकान पर जब देखो तब निठल्ले कामरेड लोग बैठे मिलते हैं। घर में भूँजी भाँग नहीं, मियाँ माँगे चूड़ा! हमेशा जमींदार, बुरजुआजी, क्रांति आदि बोलते हैं। ज्यादातर शूद्र। दो-चार दरिद्र बाभन (ब्राह्मण)। इसी से कोई कुछ नहीं कहता। इस दुकान पर बढ़िया चाय का लोभ न हो तो शरीफ लोगों के लिए यह दुकान नहीं है।

जोर की हँसी सुनकर अशोक की आँखें उस तरफ मुड़ गयीं। रामबुझावन सिंह का बेटा सच्चिदा है। बटाई जोतते-जोतते साले के बाप के

हाथ में घट्ठा भरा है। यहाँ बैठकर ई शूद्र कामरेड के साथ ही-ही करता है।

"दारोगाजी बिना टिकट के पकड़े गये! हा! हा!···सुनते हैं कामरेड? दारोगाजी बिना टिकट के···हा! हा!" कभी के माने हुए फुटबाल खिलाड़ी सच्चिदा की हँसी बैलून की तरह फूट रही थी।

"अरे उनका बस चलता तो ट्रेन ही चुराकर ले जाते!" कामरेड ने चाय के ग्लास में चम्मच हिलाते हुए कहा और खुद भी हँसने लगे। पिचके गाल पर मांसपेशियाँ थिरकने लगीं। पसीने से चिपचिपे माथे पर कोयले की लाल रोशनी से चमचमाहट थी। सभी देर तक हँसते रहे। शंभू सदा, शोभाकांत झा, जगदीश पंडित, रामरक्षा सहनी और राजेंद्र सिंह।

अशोक ने घृणा से देखा। शंभू सदा—इ साला मुसहर, बाप ताड़ी पीकर पासीखाने में पड़ा रहता है। गाय-बकरी पालता है, सरकार की मेहरबानी से आठवीं तक पढ़ गया तो अपने को शरीफ समझने लगा है। दलिद्दर बाभन का बेटा शोभाकांत बोलने में जहर है। ट्यूशन करता है, पर बोलने का टोन ऐसा कि लखपती हो।

"अरे दारोगा का नाम लिया तो याद आया! ब्लाक ऑफिस में टुन्नू बाबू और दारोगाजी खुसुर-पुसुर कर रहे थे।" राजेंद्र सिंह बोल उठा। अशोक के कान खड़े हो गये। चाय ऐसे पीने लगा जैसे वह उन लोगों की बात सुन रहा हो। इ रजेन्दरा, बंशकुल्हाड़ी है। अपनी जात, अपने गोतिया का तो दुश्मन। कम्युनिस्ट बनता है। यही न शंभू सदा को हीरो बनाया है। बटाईदारी कानून लागू करो, लाल झंडा जिंदाबाद। चच्चा के बारे में कुछ बोल रहा है।

"मछली हाट का नीलामी निकला है। हम लोग कोऑपरेटिव से नीलामी बोलेंगे। बहुत केस में फँसाते हैं टुन्नू बाबू, इस बार डाक हम लोग ले लेंगे। उनकी एक आमदनी तो मारी जायेगी!" रामरक्षा सहनी नें उछलकर कहा।

"बेसी बकबक मत करो···जो करना हो चुपचाप करो कामरेड, इ दुकान है न, बात फैल जायेगी तो कुछ नहीं हो सकेगा!···यहाँ चाय

पीओ, अखबार पढ़ो ···ई सब बात मीटिंग में···" कामरेड ने अशोक की ओर कनखी से देखा।

सब सँभलकर बैठ गये। कुछ देर चुप्पी रही।

राजेंद्र के हाथ में अखबार था। बोलकर पढ़ने लगा :

"देखो ई लड़का का फोटो। पकड़ऊआ बियाह के लिए जीप में जबर्दस्ती ले जा रहे थे। लड़का जीप से कूद गया। वहीं जीप से कुचला गया और मर गया। उसी का फोटो है !"

"ई राजेंदर ऐसने समाचार पढ़ेगा," कामरेड ने टोका।

"छपा है तो पढ़ेगा जरूर ! बड़का लोग ही पकड़ऊआ बियाह शुरू किया है त समाचार छपबे करेगा, अ छपेगा त हम पढ़बे करेंगे !" सच्चिदा ने खैनी लेकर मुँह में रखा।

अशोक ने पान मुँह में दबाया। कामरेड के सामने टन्न से अठन्नी फेंकी और साइकिल पर बैठ गया।

उसके इस तरह जाते ही लोगों ने जोर का ठहाका लगाया।

"नवाब के नाती बनते हैं ! कामरेड, टन्न से अठन्नी ! चाय पीया एक, पैसा दिया दो का !" रामरक्षा सहनी ने व्यंग्य से कहा।

तूफान बस सर्विस की गाड़ी रोसड़ा से आकर रुकी। ढेरों यात्री आस-पास की चाय की दुकानों में फैल गये। ग्राहकों को आते देखकर लड़के एक तरफ की बेंच पर आ गये।

धूल से पुता फुलेना अपना थैला लिये कामरेड की चाय की दुकान के सामने रुका। कामरेड बिस्किट के मर्तबानों को ठीक कर रहे थे।

"कहिए कामरेड !" फुलेना दुकान के अंदर घुसा और पास की बेंच पर बैठ गया।

"अरे आओ फुलेना ! आ गये महथी से ! पानी पीओगे ?" कामरेड ने आत्मीयता से स्वागत किया।

"एक चाय भी दीजिए।" ग्लास को बेंच के नीचे रखते हुए उसने कहा।

"हाँ-हाँ !" गरमागरम चाय हाथ में थमाते हुए कामरेड ने पूछा, "उस दिन तो तुम बस पकड़ने की जल्दी में थे, कलकत्ते का क्या हाल-चाल है ? मेरे चटकल की तरफ जाते हो ? अभी खुला कि नहीं ?"

"जाना कहाँ हो पाता है ! हाँ, अभी खुला नहीं है। बाबू लोग बोलता है, कारखाना कलकत्ते से उठाकर दूसरी जगह ले जायेंगे। इधर में कम्युनिस्ट लोग बहुत तंग करता है।"

"तब तो हमरा दोस्त लोग बहुत परेशानी में होगा…"

"जरूर, तालाबंदी के बाद आपने अच्छा किया कि गाँव चले आये… वहाँ आजकल बहुत अंधेर है ! गवर्नर का राज है…पुलिस एक-एक खिच्चा नौजवान को नक्सल कहकर मारती रहती है। अभी बंगाल में नौजवान लोग का कम्युनिस्ट होना पाप है। केतना नौजवान मारा गया। केतना बंगाल छोड़कर भाग गया। सेठ लोग खुश। बड़ा बाजार का सेठ लोग खूब पैसा बना रहा है ! बोलता है—कारखाना में घाटा होता है। घाटा होता है त इ दसतल्ला मकान कइसे बनता है ?…एक रोज हमरे बासा में हमरे साला का एक दोस्त आकर छिपा…" इधर-उधर देखकर फुलेना चुप हो गया।

"रुक क्यों गये…सब कामरेड लोग ही है !" कामरेड ने विश्वास दिलाया।

"हमरे साला का दोस्त आकर टिका। एकदम नौजवान। मूँछें अभी निकली ही थीं। हम सोचे— कल चला जायेगा। लो ! इ त पाँच दिन हो गया। तब हम साले को पूछा—इ बंगाली कब तक रहेगा ? साला पहले झिझका फिर बोला— इ कम्युनिस्ट है, नक्सली। बंगाली मुहल्ला में तो सब इसको जानते हैं, पुलिस पकड़ ले जायेगी। इसीलिए यहाँ है, दूसरा ठिकाना हो जायेगा तो चला जायेगा। वह चार दिन और रहा। हम खूब खयाल रखते रहे। बाद में बेलूरमठ चला गया। दसवें दिन उसके मरने की खबर मिली। क्या बतायें कामरेड, उस दिन हमसे खाया भी नहीं गया ! इ तन-तन शरीर युनिवर्सिटी का इस्टूडेंट… सब खतम ! बहुत खराब हालत है।…यहाँ का क्या हाल-चाल है ?"

"क्या रहेगा ? यहाँ बसी मीठा कम्युनिस्ट है, खाली मीठा-मीठा बोलेगा अ भोट माँगेगा। बटाईदारी की बात करने जाओ त बोलेगा— कामरेड, अभी वर्ग संघर्ष का समय नहीं है। त हम पूछते हैं, कौन चीज का समय है—सिरिफ मार खाने का ? हम ही कौन क्रांति कर रहे हैं।

सरकारी कानून के मुताबिक हक मांगने से भी गये ?" कामरेड धीरे-धीरे तैश में आ गये थे।

"कामरेड, ई बुढ़वा कामरेड लोग जो न करावे। मुसहर टोली के लोगों ने कहा, मजूरी बढ़ाओ, पूरा टोला आग में फूंक दिया! पार्टी ऑफिस में कहने गये तो सिकरेटरी साहेब बोले—अखबार में खबर छपना जरूरी है, एस० डी० ओ० के पास चलते हैं···पीड़ितों को सरकारी सहायता मिलना जरूरी है। हमने पूछा—उ टुन्नू बाबू वगैरह का क्या होगा ? तब बोले—पहले डी० एस० पी० के पास चलिए, उ बाद में देखेंगे। आज तक देख ही रहे हैं, इधर केस रफा-दफा !" सच्चिदा ने तिक्तता से कहा।

"कामरेड—ई भाई साहब भी अपने आदमी लगते हैं ?" शोभाकांत ने पूछा।

"हाँ-हाँ, बिल्कुल अपने। फुलेना कलकत्ता में लोहा कारखाना, क्या कहते हैं, फौंड्री में काम करते हैं···यूनियन के भी साथी हैं···फुलेना भाई, जब तक बटेरन ठीक न हो, मत जाना। आते रहना।" कामरेड ने आत्मीयता उड़ेलते हुए कहा।

"हाँ-हाँ ! घर में भी मन कहाँ लगता है। जब तक भैया को डॉक्टर नहीं ठीक कहेगा, यहीं रहूँगा।···ई रामौतार कंपाउंडर एक सुइया का दो रुपैया लेता है ! कोई दूसरा आदमी हो जो कम पैसा ले···"

"अस्पताल वाला कंपोडर ?"

"ऊ भी दो रुपैया लेता है।"

"अरे छोड़िए कामरेड, अपना डॉक्टर ठीक रहेगा ! क्यों जगदीश ?"

"ई सूई देना जानते हैं ?" फुलेना ने शक किया।

"एकदम ! जगदीश डॉक्टर हैं, साइकिल मिस्त्री, कलम मिस्त्री, बिजली मिस्त्री·· सब !"

"ए जगदीश, इनका घर देखा है न ? हरिपरसाद बाबू के पीछे···कल से सुबह को चला जाना···इनके भाई को टी० बी० हो गया है।"

कामरेड ने हिदायत की।

"ठीक है !" जगदीश शरमाता हुआ बोला।

"घबराइएगा नहीं, पैसा आपको भी मिलेगा लेकिन डकैत रामौतार

जितना नहीं !···अच्छा कामरेड, चलते हैं। पैसा बाद में दे दूँगा।" फुलेना उठ खड़ा हुआ।

"कोई बात नहीं—कोई बात नहीं !"

फुलेना घर पहुँचा तो उसका हाड़-हाड़ दर्द कर रहा था। गर्मी में भी नहाने का मन नहीं हुआ। जौनावाली ने मकई की रोटी और दूध परोस दिया। खाना खाते ही वह आँगन में पड़ी खाट पर मुरदे की तरह सो गया।

4

अर्द्ध-विक्षिप्त चतुरी भाट। सांवला, पोपला मुँह, धनुष की तरह झुकी काठी। लाठी के सहारे चले आ रहे थे। हरिपरसाद बाबू ने दूर से देखा। क्या हालत हो गयी है इसकी ! यही कचहरी में आकर रोज कवित्त सुनाता था, इनाम-इकराम पाता था। भोज में हाथी की तरह चतुरी खाता था। सौ पूड़ियाँ, डेढ़ सौ जलेबियाँ तो मामूली बात थी। जहाँ खाता, उसके चारों ओर मजमा लग जाता। खाने में भी अव्वल, कवित्त कहने में भी अव्वल। इसका पेट तभी भरता है--जब किसी मृतक-भोज, जनेऊ, या विवाह भोज में खाता है। बिना निमंत्रण के पहुँचता है। लोग मानते हैं कि बिना चतुरी को खिलाये भोज पूरा नहीं होता है। भोज तो खा लेता है, पर कवित्त किसको सुनायेगा ? अब कहाँ जमींदार है, कहाँ कचहरी रह गयी है, सो भोज में ही कवित्त भी सुनाता है। कभी-कभी आ जाता है बेचारा।

दालान के नजदीक आते ही चतुरी भाट चिल्लाये।

"दरबार को मेरो सलाम, परनाम ! अकबाल बुलंद रहै। गुलाम पर किरपा बनी रहै !"

हरिपरसाद ममत्व से मुस्कुराये।

"क्या चतुरी, फिर बेटे से मार खाकर आये हो ?"

"सरकार, घोर कलियुग आ गया है !" चतुरी ताली बजाते हुए नाट-

कीय ढंग से कहने लगा, "सरकार, ई सब पर ध्यान नहीं देंगे तो चतुरी भाट कैसे जीयेगा ? सरकार लोग के ही अकबाल से पापी का नाश होगा, सुराजी का नाश होगा···सरकार, आपको अपना दुःख नहीं कहेंगे तो किससे कहेंगे ··आप ही का नमक खायके जवान भये, बूढ़ा भये, कबर में पाँव लटकाये हैं। हमारा बेटा चीनी मिल की नौकरी पा बौरा गया है। बोलता है—भिखमंगी छोड़ो। सरकार ई, भिखमंगी थोड़े ही है, ई तो कवित्त का इनाम-बख्शीश है ! बड़ा मारता है, हाड़-हाड़ दुखता है सरकार···"

चतुरी भाट की आँखों से बाँध तोड़कर आँसू बहने लगे। खनकदार आवाज में जोशीले कवित्त पढ़ने वाले निरीह चतुरी के आँसू देख हरिपरसाद बाबू का मन सहानुभूति से भर आया।

"अरे चतुरी, अब वह जमाना नहीं रहा। बेटा जो कहता है, सो करो। अब कहाँ इस्टेट है, कहाँ जमींदार हैं ? हम लोग का राज गया, अब तो सुराजी ही राजा है !"

"सरकार, कवित्त झूठ नहीं होता !" चतुरी फिर ताव में आ गया, "ब्राह्मण के मुँह से निकला कवित्त पत्थर की रेख है। आप विजयी होंगे सरकार। कवित्त कहता है—

सत्त कहै अमरित्त कहै कवित्त कहै चारण कवि थोड़ा
हरि को गुण गावहिं हीय जुरावहिं चंद चकोरा।"

चतुरी भाट का गला फँस गया, खाँसकर गला साफ किया, फिर ऊँची आवाज में शुरू हो गया :

"दादा भये छत्रपति, ताकों सो धनपति
धनपति सो आप भयो हरि संस्कारी है।
हरि सो हरियाली है, अमरित्त भरी प्याली है।
हाथी है, घोड़ा है, चाल मतवाली है।
लछमीजी सुनें विष्णुजी सुनें महराज को महिमा
जाहि सों सुनें महिमा अकबाली है।
साला कहता है—भिखमंगी छोड़ो ! सरकार माई-बाप···"

फिर खाँसी शुरू हो गयी। विलंबित खाँसी। लगता था, जैसे प्राण ऊपर ही रह जायेंगे।

हरिपरसाद बाबू ने आवाज दी, "ज्ञान ! ज्ञान !"

ओढ़नी से हाथ पोंछती ज्ञान दरवाजे पर आकर खड़ी हो गयी।

'बेटा, इनको कुछ दक्षिणा लाकर दो! बहुत दिन पर आये हैं।"

ज्ञान अंदर लौट गयी सीधा लाने।

हरिपरसाद बाबू फिर चतुरी की ओर मुखातिब हो गये, "देखो चतुरी कवि, अब तुम चौथे आश्रम में हो, दो जून रोटी खाओ और राम-राम करो। क्यों जवान बेटे से मुँह लगाते हो?"

चतुरी भाट ने अँगोछे से अपना आँसू पोंछा और भर्राये गले से बोलने लगे, "कुछ दिन वैसा भी किया, सरकार। कल उसके लड़के को कवित्त सिखा रहा था कि वह भैंस की तरह भड़क गया और सरकार, लात-घूँसों से···सरकार बोलता था—तुम सब दिन कवित्त बाँचकर भिखमंगी करते रहे, अब कवित्त सिखाकर मेरे बच्चों से क्यों भीख मँगवाना चाहते हो?···सरकार कवित्त त विद्दा है···आपे फरमान दें सरकार···'

चतुरी भाट तेजी से झुके और हरिपरसाद बाबू के पाँवों पर लोट गये। ज्ञान डगरे में सीधा रखकर दरवाजे पर खड़ी थी। पान चबाते अशोक बाबू की साइकिल आ लगी। पाँव पर लोटते चतुरी भाट को देख कर अशोक बाबू में घृणा टहकी—सब लुटाकर दया का मजा ले रहे हैं, बाबूजी।

"क्यों पाप चढ़ा रहे हो चतुरी?···लो, सीधा ले लो!" हरिपरसाद बाबू ने चतुरी को सीधा की तरफ मोड़ा।

चतुरी ने जैसे ही हाथ बढ़ाया कि अशोक बाबू ने जोर से डगरे में पाँव से ठोकर मारी। डगरा सरकता आगे भाग गया। चावल-दाल बिखर गये। हरिपरसाद बाबू, चतुरी, ज्ञान अवाक्! अशोक बाबू तेजी से अंदर चले गये।

ज्ञान को ओसारे पर देखते ही अशोक बाबू बरसने लगे, "बाबूजी तो लुटाने में लगे ही रहते हैं, तू भी उनके साथ लगी रहती है!"

"मैंने क्या किया है?" ज्ञान आँसुओं को सँभालती बोली, "बाबूजी ने कहा—दक्षिणा में सीधा दे जाओ, तब मैं ले गयी···"

"तब मैं ले गयी !" अशोक ने औरतों की तरह हाथ नचाते कहा, "महारानी बनती है। बाबूजी ने कहा ! कौन होते हैं···कौन होते हैं बाबूजी ? सब कुछ तो लुटा चुके ! धूर-धूर बेचेंगे, तभी मरेंगे !···बाबूजी को तो मरना है, लेकिन तुझे ? तेरी शादी होनी है कि नहीं ? हमारे पास जो कुछ बचा है, ऊ सब फूँक कर ही तू इधर से जायेगी ?"

ज्ञान की रुलाई फूट पड़ी। उसे लग रहा था कि धरती फट जाती तो उसी में समा जाती।

शोर सुनकर हरिपरसाद बाबू अंदर की ओर बढ़े।

अशोक का प्रलाप जारी था, "अब टेसुए क्या बहाती है ! इस घर में रहना नरक हो गया···रंडी-रखैल-दारू-शतरंज में ही यह घर डूबा है ! औरों के तो बेटे नालायक होते हैं, मेरा तो बाप ही नालायक···"

"चोप्प ! बेहूदा !" गरजे हरिपरसाद बाबू, "जुबान खींच लूँगा ! सटर-सटर बोले जा रहा है ! हाँ, हमने सब किया है ! अपने बाप की संपत्ति फूँकी है, तुमरा नाल पैसा नहीं जानते हैं ! बहुत घर सँभालने चला है···दिन भर साले सतियारा चौक पर मटरगश्ती करेंगे···क्या कमाया ठेकेदारी से ? खेत बेचकर दिया था दस हजार ! कहाँ गया ? सब साला-साली के पीछे फूँक आया··· हमको सिखाता है घाटा लग गया ! जोरू का गुलाम !"

"बाबूजी !" थोड़ा दबे स्वर में अशोक बाबू की आवाज निकली।

"सबसे सस्ती, गाय-जैसी बहन है न ! तब से झाड़े जा रहा है। करता क्यों नहीं बहन की शादी ? हमरे जीते जी किसी को कुछ करने की जरूरत नहीं, समझे ! हमने पैदा किया है, हम ही निभायेंगे। मरा हाथी भी हजार का होता है !···जा बेटी, इस घर में भोगने का जो लिखा है सो···जा रोने से क्या होगा···हम ही अभागे हैं जो तेरी जैसी लछमी की भी कदर नहीं जानते···"

हरिपरसाद बाबू की सहृदय हथेली ज्ञान को थपथपाती आगे बढ़ गयी।

ज्ञान अपने कमरे में आयी तो लगा जैसे कमरे में न दीवारें हैं, न खिड़कियाँ, न छत और आकाश से सिर्फ आँसू बरस रहे हों।

5

कनपटी की नसें अभी भी सनसना रही थीं। ऐसा खट्टा मन लेकर कहाँ जाते हरिपरसाद बाबू। दालान पर बिछी चौकी पर लेट गये। सूनी आँखों से ध्वस्त कचहरी को देखते रहे। यह दिन भी देखना था! बेटा ही बाप को नालायक कह रहा है! कहाँ चले गये वे दिन, काबर झील में उतरी पनचिड़ियों की तरह! कोई नहीं जानता, हर साल इतनी चिड़िया, धान की फसल के वक्त, कहाँ से आ जाती हैं और फसल कटते ही कहाँ चली जाती हैं। आँखें देख कहाँ रही हैं, बस पलकें खुली हैं और दिमाग में आँधी चल रही है। स्मृति के सूखे पत्ते आँधी में उड़ रहे हैं…

पिता त्रिभुवन प्रसाद कहते थे—इस्टेट सँभालना है तो शक करना ही पड़ेगा। खून पर भी शक करना पड़ेगा। बेमुरव्वत होना पड़ेगा। राज-काज में मोह कैसा? यही तो गलती हुई थी। छोटे भाई टुन्नू के लिए मोह रहा और पिता के मरने के बाद वह मोह और बढ़ा। वही काल हो गया। जूता पालिश की तरह काला और झिंगुर की तरह बोलने वाला मैंनेजर सुदामालाल उनके इशारे पर नाचता था। बँटवारे की बात सुनकर उसी सुदामालाल की बाछें खिल गयी थीं। उसने गोटियाँ सजानी शुरू कर दीं। बड़ी सफाई से अंदर-ही-अंदर टुन्नू से मिल गया।

"अभी टुन्नू बाबू उमिर में छोटे हैं सरकार, गाँव से ज्यादा दूर का खेत देखने भी जाना मुश्किल है। थोड़ा ही खेत हो, नजदीक हो तो खेती करके भी बाप-दादों की इज्जत निभाते हुए जी सकते हैं…आखिर ई अपने खून हैं और रहेंगे!"

तीन फसल पैदा करने वाली अस्सी बीघे जमीन टुन्नू के हिस्से में रह गयी।

कितनी सफाई से सुदामालाल ने समझाया था, "बड़े सरकार, डेढ़ सौ बीघा जमीन और ई हवेली ऊपर से! चालीस हजार का जमींदारी बाँड का पैसा आज ही थोड़े मिलने वाला है, जब मिलेगा, तब मिलेगा! रहने दीजिए टुन्नू बाबू के पास। इस बात पर लड़ना ठीक नहीं। घर की

बात घर में ही रहे। जमींदारी चली गयी, पर बँटबारे के बाद भी इज्जत और शान रह जायेगी। छोटे सरकार तो हवेली नहीं माँगते। हवेली के उत्तर में बहुत जमीन है, दे दीजिए, पर हवेली नहीं। वही तो शान और इज्जत है !"

"टुन्नू बाबू के पास क्या रहेगा ? मँझौल गाँव में साठ-सत्तर बीघा जोतने वाले सैकड़ों रैयत हैं। बड़े सरकार, आपकी इज्जत का मुकाबला पूरा मँझौल गाँव नहीं कर सकता ! सतमहला इस्टेट के मालिक कहलायेंगे आप !"

सुदामालाल की बात मान लेने के बाद ही सब झंझटें शुरू हो गयी थीं। बँटवारे के कागज में मुंगेर का मकान लिखा था, पर पटना शहर की जमीन छूट गयी थी। इसी जमीन को लेकर मुकदमेबाजी शुरू हुई, जो चल ही रही है।

गोरी, दुबली-पतली दुलहिन में मन रमता नहीं था। "लंगोट में ताकत होनी चाहिए—आदमी कितनी ही औरतें रख ले। हमारे जैसा बाँका घुड़सवार और बंदूक का निशानेबाज इलाके-भर में नहीं था। दुलहिन तो अच्छी थी। रायबहादुर माधोपरसाद वकील की बेटी। बस, माँ के रास्ते पर चली। सास बहू किताब मँगाकर पढ़ती रहतीं। पोस्ट ऑफिस से किताबों का पार्सल आता रहता। बस, माँ से सीख गयी—यह नहीं करना चाहिए, वह नहीं करना चाहिए। कब तक आदमी बर्दाश्त करेगा ? जमींदार है कि किसी औवा-पौवा का बेटा ? राजकाज देखे, सुख-मौज ले ?"

"सरकार, घरवाली तो इज्जत के लिए होती है, ऐश-मौज के लिए तो और इंतजाम करना पड़ता है।"

आग में घी डालने में सुदामालाल माहिर थे। रजौली इस्टेट बारात में गये थे। वहीं···

गजब का नाचती थी हुस्ना ! तबलची फेल, उसके घुँघरू बजते रहते ! मगर क्या मजाल कि कमर से ऊपर बदन जरा भी हिले। उस रात गया से दूसरा तबलची बुलाया गया ताकि हुस्ना को हराया जा सके। हुस्ना ! गोरी-चिट्टी हुस्ना ! नाचने के रियाज से बदन और भी तराशा हुआ।

तनिक लंबा चेहरा, बड़ी-बड़ी आँखें और गैसबत्ती (पेट्रोमैक्स) की रोशनी में चमकती उसकी नथ ! खूब पके अंगूर के रंग-सा गोरापन। जब चक्कर पेश करती तो लोग सब कुछ भूल जाते। उसकी सुरीली, उदास ठुमरी सुन मन भीग जाता। जैसे पहाड़ से ठंडी हवा चली हो।

इसी भुलावे में पत्नी, बेटा, अपने बाप-दादा की प्रतिष्ठा सब भूल गये हरिपरसाद। पाँच साजिंदों सहित हुस्ना सतमहला इस्टेट में आ गयी शक में पड़ी हुस्ना जब देखती तो और खूबसूरत लगती। पुरानी कचहरी में डेरा जमा। घर में कुहराम मचा रहा। उधर हुस्ना शक से बेहाल। तुरत खर्चा चलाने के लिए बीस बीघे जमीन मिल गयी। उस पर रोज का इनाम-इकराम अलग से। लेकिन घर में भूचाल बना रहा। दुलहिन ने खाना-पीना छोड़ रखा था, माँ रूठकर मायके चली गयी थी। मैनेजर सुदामालाल ने धीरे-धीरे सब सँभाल लिया।

ई सुदामालाल भी गजब की चीज है। पलक झपकते मालिक की इच्छा-अनिच्छा भाँप जाता। मालिक को कुल मिला—एक लाख रुपये की वसूली की जमींदारी, सतमहला इस्टेट की इज्जत। पर बड़े मालिक की तरह सुख-भोग का इंतजाम नहीं था। सुदामालाल ने समझाया, "हुजूर, औरत की जवानी पहले बच्चे तक होती है। मरद तो सब दिन जवान रहता है और जो है सो कि उसको बिना ढलने वाली खूबसूरती भी चाहिए।" और उधर बड़े मालिक की रखैल कसबिन जुलेखा को समझा दिया, "अब तो मालिक नहीं रहे, तेरी बेटी भी तो नहीं कि छोटे मालिक को सँभाल सके —जो है सो कि बसंता तेरा बेटा है, मतलब कि···नये मालिक को पसंद आ जायेगा···यह मकान तो अभी भी इस्टेट का ही है ! नये मालिक से इसे तेरे नाम···जो है सो कि···करवा दूंगा !" इसी तरह तेरह साल का खूबसूरत बसंता मालिक का रखैल बन गया।

समय बीतते कहाँ देर लगती है। बसंता दाढ़ी-मूँछवाला जवान हो गया, लेकिन नजाकत बची थी सो नये मालिक महीने में दो-चार रात उसके पास रहते ही थे। उसी कचहरी में ठहरी थी हुस्ना। शक नहीं किया था, इसीलिए सब ठीक था। लेकिन बसंता को जिस दिन हुस्ना के साथ सोते देख लिया था, उस दिन क्रोध में उफनते रहे। किससे कहते,

सब तो अपना किया-कराया था। बसंता और हुस्ना पर उन्होंने विश्वास किया था। आखिर···

पुरानी कचहरी में सब सोये थे। सुदामालाल के साथ मालिक घुसे। तलवार ने सबसे पहले हुस्ना का सिर धड़ से अलग कर दिया। सुदामालाल पसीने से भीग गये। बसंता और एक-एक कर सब साजिंदे कत्ल और रातो-रात चौड़ी गाछी में दफन कर दिये गये। ताजी मिट्‌टी के ऊपर मकई के ठट्‌ठर के ढेर रख दिये गये। चतुर सुदामालाल ने अफवाह फैला दी कि 'हुस्ना बेवफा निकली। रंडी परेम थोड़े ही देखती है, देखती है पैसा! उसके पुराने आशिक ने बनारस में मकान, दो गाँव की जमींदारी लिख दी। बस उड़नछू हो गयी। बसंता भी उसी के साथ चला गया।'

कई महीने बाद, बसंता की माँ कसबिन जुलेखा ने थाने में जाकर फरियाद की। थानेदार आया, सुदामालाल से सलामी लेकर चला गया। सब कुछ खत्म! हुस्ना की ठुमरी खत्म।

पर हरिपरसाद बाबू की ठुमरी खत्म नहीं हुई। जिंदगी के ढलान पर लुढ़कते चले जाने और कहीं इत्मीनान से बैठ न पाने की पीड़ा से जकड़े लेटे रहे। धीरे-धीरे अँधेरा उतर आया था। उस अँधेरे में सतमहला हवेली डूब गयी।

6

आँगन में अमरूद के पेड़ की छाँह में मोढ़े पर बैठी ज्ञान क्रोशिया से कढ़ाई कर रही थी। खाना खाकर हरिपरसाद बाबू दालान में लेटे थे। अशोक बाबू अपनी ससुराल गये हैं। काम-धाम न हो तो दोपहर में सोने के अलावा क्या होगा? कौन धूप में मटरगश्ती करने जायेगा। दादी भी खा चुकी है, बस गूंगे-बहरे बंधू हलवाहा का इंतजार है। कब खेत से आये, खाना खा ले। सूरज सिर पर चढ़ा आ रहा था।

जौनावाली चुपके से दरवाजा ठेलकर घुसी और पीछे से एकबारगी

बोल पड़ी, "कू ऽ ऽ !"

ज्ञान डर गयी । क्रोशिया हाथ से गिर गया । पलटकर देखा तो हाथ में अपनी नहकटनी की पोटली लिये जौनावाली मुस्करा रही थी । "डर गयी न बबुनी !" जौनावाली सामने आकर बैठ गयी, "पूर्णिमा आजे है, नहरनी लेकर घर-घर जाकर पैर रंगना (महावर रचाना) है···सबसे पहले अपनी बबुनी के हिया (यहाँ) से ही शुरू हो···"

"अपनी बबुनी के यहाँ, आज कित्ते दिन पर आयी हो ? तीन दिन से···" ज्ञान रूठने का स्वाँग करने लगी ।

"अब तुम तो दुःख जनवे करती हो बबुनी, फुलेना भी नहीं है । तुम्हरे भैया को सूई दिलवाने ले जाना, माल-मवेशी, घर का काम । भगवान ई राजरोग गरीब को ना दे । ऊ डॉक्टर बोला बकरे का रस्सा दो, जल्दी तागत होगा···मन तो भिनभिना जाता है···पूरा घर थूक-खखार ! पर दूसरा मरद होता त ई बाँझ को थोड़े रखता ? बहुत कहे—दूसरा शादी कर लो । बस एक्कै जवाब—नाहीं । दूसरो बाँझ होगी तब ?"

"मरद भी तो बाँझ हो सकता है !" ज्ञान सोचती हुई बोली ।

"इस्स, लोहा सन शरीर और बाँझ ? हम ही बाँझ हैं ! बबुनी ऊ त देवता हैं···"

"छोड़ो भौजी, ई शादी-बियाह, बाल-बच्चा सब बेकार है ! लो !"

ज्ञान ने हाथ आगे बढ़ा दिया नाखून काटने के लिए ।

दरवाजा भड़ाक से खुला और बंधू आकर खड़ा हो गया । हाथ को मुँह और पेट की तरफ ले गया और नल पर हाथ-पैर धोने लगा ।

"देखो भौजी ! ई अभी आया है । तीन बजता होगा त ई खाने आया है ! बड़ा कमाऊ बनता है···" ज्ञान खाना परोसने उठ गयी । बंधू के सामने थाली रखते समय ज्ञान की नजर उसके अँगूठे के ताजे घाव पर गयी । इशारे से उसने पूछा, घाव कैसे हुआ ?

बंधू ने इशारे से बतलाया—हल चलाते समय पाँव में एक खूँटी गड़ने से हुआ है । कोई बात नहीं ।

ज्ञान को गुस्सा आ गया, "देखो भौजी, अँगूठा कट गया है, इशारा करता है—कोई बात नहीं है ! ई खटते-खटते मर जायेगा !"

ज्ञान झपटकर अंदर गयी। मरहम का ट्यूब लेकर थाली के पास रख दिया और इशारे से उसे समझा दिया कि लगा लेना। बंधू दाँत निपोरता हँसा, फिर खाने लगा।

ज्ञान के पैर में जौनावाली महावर लगा रही थी। बंधू खाता जाता और अपने में मगन ज्ञान को गौर से देखता जाता। अचानक ज्ञान की नजर उसकी तरफ गयी—यह देखने के लिए कि खाना कुछ कम तो नहीं पड़ा। लेकिन बंधू को अपनी ओर देखते पाकर ज्ञान बिफर उठी।

"ई गूँगा को देखो भौजी, खायेगा नहीं, टुकुर-टुकुर हमको देखेगा !"

"देखेगा तो जरूर बबुनी। जवानी उसको भी है ! गूँगा है तो क्या ?"

"देखेगा ! आँख फोड़ दूँगी !"

"किस-किसको रोकोगी बबुनी, लोग देखबे करेंगे, ई त बेचारा गूँगा है, देखकर सोचेगा, बोलेगा नहीं।"

"बोलता तो मुँह तोड़ देती !"

"तुम्हरे और बंधू के बारे में लोग बोलते हैं कि नहीं ? ई दुनिया बड़ी खराब है। बेबात के भी बोलते हैं लोग कि नहीं?···अब जाये दो, फुलेना आज आयेगा।"

ज्ञान ने, चावल-दाल का डगरा जौनावाली को थमाया।

डगरे में जमे घी का एक बड़ा-सा ढेला था।

"ई घी बटेरन भैया के लिए है, समझी भौजी !"

नींद से हड़बड़ाकर ज्ञान उठी, दरवाजे को खोला तो धूल से सना फुलेना सामने था।

"मालिक पूरी नींद में हैं। उठबे नहीं करने हैं ! इसी से दरवाजा खटखटा दिया।" फुलेना ने सफाई दी।

हरिपरसाद बाबू उठ गये।

फुलेना अंदर आया। झोले से एक पोटली निकालकर ज्ञान के

सामने रख दिया।

"दीदी कैसी हैं ?" ज्ञान हड़बड़ाकर पूछ बैठी।

"ठीक हैं ! सब अच्छा है !"

"क्या अच्छा है, बीमार, कमजोर नहीं हैं न ?"

"हाँ, कमजोर तो बड़ी बबुनी लगीं, ई उमिर में ऐसन कमजोर···"

"वह नहीं बचेगी फुलेना भैया ! हम बूझते हैं !"

"अरे नहीं बबुनी, सब ठीक हो जायेगा !"

"सब ठीक हो जायेगा···कब ?" व्यंग्य से भरी उदासी ज्ञान के चेहरे पर पुती थी।

फुलेना को लगा कि फैक्टरी के हाते में चलते पाँव के नीचे बिजली का नंगा तार पड़ गया हो ! कब सब ठीक हो जायेगा ? कित्ता सुनाते रहे उसे, बड़ी बबुनी के श्वसुर। अपने मालिक से कह देना, शादी-ब्याह में छल-कपट नहीं चलता। जो तय हुआ था, ऊ सामान-बुलेट मोटर-साइकिल अभी भी भिजवा दें। ई अजब लड़की है, ऐसन सवाल करेगी कि लोग हक्का-बक्का ! एकदम दादी की तरह पढ़ी-लिखी है। हरदम हाथ में किताब ! अब इसको क्या कहा जाय। फुलेना दालान की तरफ बढ़ गया।

विभा के दु:ख की बात सोचकर ज्ञान का गला भर आया। हाथ की पोटली उसने कलेजे से लगा ली। ओढ़नी के सिरे से अपनी आँखें पोंछती बैठ गयी। ज्ञान के अंदर दूध मथने वाली मथनी चल रही थी, दीदी ठीक कहती थी—'बाबूजी को पूरा तिलक नहीं देना था तो किसी गरीब के [illegible]उठा देते। कम-से-कम रोज ताना तो नहीं सुनना पड़ता। नैहर का नाम लेते ही पूरा घर भौंकने लगता है। मेरी बहना, औरत होना ही नरक है···बस, किसी दिन मेरे मरने की खबर सुन लोगी।' विभा दीदी किसी दिन जहर खा लेंगी। यह कैसा फंदा है ? किसिम-किसिम का फंदा, किसिम-किसिम के शिकार ! कौन लोग काटेंगे इन फंदों को ? इस लड़ाई का अंत कहाँ है ?

धोती सँभालते हरिपरसाद बाबू कुर्सी पर बैठ गये। पानी से मुंह धोने से सदा सुशोभित चंदन का टीका धुल गया था। वही गोरा-चिट्टा

थुल-थुल शरीर। शेर की तरह बड़ा मुँह। दालान के पाये से सटा फुलेना विनम्रता की मूर्ति बना खड़ा था।

"बबुनी ठीक है न फुलेना ?"

"सब ठीक है।" फुलेना ने सीधे कहा, "बबुनी को यहाँ आने का बड़ा मन है।"

"अरे ले आयेंगे !" तनिक हँसते हुए हरिपरसाद बोले, "बस जरा ई ज्ञान की शादी कहीं तय हो जाय···सब पता लगा लिया है न ?"

"जी मालिक, लड़के के हिस्से में चौबीस बीघे जमीन है, समस्तीपुर में बी० ए० में पढ़ते हैं। इक्यावन हजार की माँग है।"

"ठीक से पता लगा लिया था न ?"

"अगल-बगल भी पूछ लिया था मालिक ! सब तो ई इस्टेट को जानते हैं ! लड़के वाले का बड़ाहिल (कारिंदा) बोला कि पूरा नगद एक बार में ही देना पड़ेगा।"

हरिपरसाद बाबू अपने आप में डूब गये। फुलेना कुछ देर खड़ा रहा, फिर मुलायम होकर बोला, "अब हम जायें मालिक !"

"अं !" हरिपरसाद चौंके, "हाँ-हाँ, जाओ···और बटेरन से कहना कि वैद्यजी के यहाँ से च्यवनप्राश ले आयेगा। हमने उनको बोल दिया है। टी० बी० में बड़ा फायदा करता है।"

फुलेना उन्हें प्रणाम कर दालान से नीचे उतर आया। हाते के बाहर आते ही उसे लगा कि जैसे वह जेल से छूटकर आया हो। अब मामला खतम ! बेगारी में उसे नहीं जाना पड़ेगा। लेकिन इससे क्या होता है, जौनावाली भौजी, बटेरन भैया दोनों ई मालिक लोग की सेवा में लगे रहेंगे। ई नवाबी का कौन मतलब है ? जवान बेटा है, महथी जा ही सकता है। बस पुराना रिवाज है, नाई जाकर पता लगायेगा। बस हो गया हुकुम नाई को। रामजी ठीक कहता है—ई ससुरे सूअर का गू हैं, न लीपने के काम में, न गोंइठा (उपला) में। मजाल है कि कलकत्ता शहर में उससे कोई बेगार करवा ले ! गाँव में ई लोगों की चलती है। थाना, कचहरी, जमीन, एमेले-एम्पी सब कब्जे में। इसी से सब चल जाता है ! अ चलता

है तो बेटी की जान काहे न बचा लेते हैं ? बड़की बेटी किसी दिन जहर खा लेगी, छोटकी बी० ए० पास करके इतने साल से घर में बैठी है। लड़का ठीक नहीं मिलता। पूरा तिलक दो तो लड़का काहे नहीं मिलेगा ? तिलक जादे माँगता है, अरे त तिलक का रिवाज काहे बनाया था ? जब पैसा था त तिलक देकर मूँछ पर ताव देते थे ! अब नहीं है त तिलक जादे माँगता है। अपने जाल बिछाया, सबको जाल में फँसाया, अब अपने फँसे गये त बाप-बाप करते हैं। बेटी का हिस्सा है कि नहीं ? बेच दो, उसी से शादी कर दो। नहीं, जमीन भी पकड़े रहेंगे, बेटी भी ब्याहेंगे। अपना लड़का में फट से तिलक गिनवा लेंगे, बेटी में पैसा गिनने में मुँह लटक जाता है !

रफ्ता-रफ्ता घर आ गया फुलेना।

7

दो रिक्शे हाते में आकर रुके। अशोक बाबू सामान उतरवाने लगे। रिंकू-टिंकू दोनों बच्चे सरमेरावाली दुलहिन के पास उछलने लगे। भरे बदन वाली दुलहिन के शरीर पर गहरे नीले रंग की साड़ी खूब जँच रही थी। घने काले बाल का जूड़ा। सिर पर आँचल सँभालती। हमेशा की तरह मुँह में पान रचा था। दादी इसी पानखाने पर चिढ़ी रहती हैं — ई पतुरिया की तरह पान चबाती रहती है, जब देखो तब पान ! शहर से आयी है न ! हम भी शहर से ही आये थे ! संस्कार पढ़ने-लिखने का ! ई त घरफोड़नी है ! बात भी सोने की तरह तौलकर बोलेगी—दो बेटे हुए नहीं कि चट्ट ऑपरेशन करवा लिया। एकदम पतुरिया है !

बंधू दरवाजा खोलकर सामान उतारने में जुटा था। शाम होते ही ज्ञान नहा लेती थी। सो अंदर नल पर जल्दी-जल्दी नहाने में जुटी थी। छोटी दुलहिन आँगन में आ गयी। दोनों बच्चे आँगन को अनजानी नजरों से देख रहे थे। जब वे दोनों मँझौल से गये थे, तब बहुत छोटे थे। ऐसे में इस घर से अपनापा कैसे पनपता ? छोटी दुलहिन को देखते ही ज्ञान कपड़े

बदलने अपने कमरे में भाग गयी। अंदर से ही उसने आवाज दी, "छोटी भाभी, कपड़े बदलकर आ रही हूँ!"

सरमेरावाली दुलहिन आँगन में खड़ी रही। दोनों बच्चे उससे सटे सहमे थे।

अशोक बाबू बैग उठाये अंदर घुसे और पत्नी को चुपचाप खड़ी देखा तो बमक पड़े।

"आँगन में क्यों खड़ी हो? घर नहीं है क्या?"

सरमेरावाली सहम गयी।

"कौन से घर में जाऊँ?" उसने धीमे से पूछा।

"तुम इस घर में पहली दफा आयी हो क्या? किस घर में जाऊँ! जाओ, दादी के पाँव छूओ···आँगन में खड़ी होकर पूछ रही है किस घर में जाऊँ?" जल-भुनकर अशोक बाबू ने कहा।

तभी हड़बड़ी में ज्ञान कमरे से बाहर निकली। उसने झपटकर भाई के हाथ से बैग लिया और भाभी के पाँव छू लिये।

अशोक बाबू दरवाजे की तरफ बढ़ गये।

ज्ञान सरमेरावाली को कमरे में ले गयी। दोनों बच्चों को रसोई में ले जाकर मर्तबान से एक-एक पकवान दोनों के हाथों में थमा दिया। खरगोश की तरह सहमे बच्चे खुश हो गये। ज्ञान ने उन्हें अपनी बाँहों में समेट-कर चूम लिया। बच्चे उछलते हुए माँ के कमरे में चले गये। ज्ञान भाभी-भैया के लिए नाश्ता बनाने में जुट गयी।

सरमेरावाली दुलहिन जब दादी के कमरे में घुसी तो दादी चारपाई पर लेटी थीं। बिना खिड़कियों वाले कमरे में बल्ब भी सहमकर जल रहा था। रोशनी पीठ बल लेटी दादी के चेहरे पर पड़ रही थी। सन-जैसे सफेद बिखरे बाल, पोपला मुँह, मुँह पर खिंची उम्र की रेखाएँ और पुराने फ्रेम का चश्मा। नींद के बासीपन ने दादी के वात्सल्य-भरे चेहरे को डरावना बना दिया था। जैसे दादी की लाश पड़ी हो। सरमेरावाली दुलहिन सहम गयी। दादी लाश ही तो है, चल-फिर सकती नहीं है, पागलपन का दौरा ऊपर से।

सरमेरावाली दुलहिन झुक गयी और माथे के पल्लू को संभालती दादी

के पाँव छू लिये, फिर हाथ को माँग से लगाया।

"के ? छोटी दुलहिन ?" स्पर्श पाते ही दादी सजग हो गयी, "जुग-जुग जीओ ! बबुआ सब कहाँ हैं ?"

"छोटी बबुनी के पास हैं, दादी।"

"अच्छा किया, आ गयी छोटी दुलहिन," दादी एक ओर खिसकती हुई बोली, "आओ, बैठो ! बड़ी दुलहिन को देखे साल भर हुआ ! अब तो ई ज्ञान भी चली जायेगी···हरि लड़का देख रहे हैं···तुम्हीं इस घर में रहोगी। बबुआ लोग रहेगा तो मेरा मन लगा रहेगा···तुम दुबली हो गयी हो छोटी दुलहिन ?"

दादी का क्या ठिकाना, कब बरस पड़े ! लेकिन दादी की स्नेहभरी बातों को सुनकर वह सहज हो गयी। दादी के पायताने बैठ गयी और दादी के पाँव दबाने लगी।

"बहुत दिनों के बाद देख रही हैं न, इसी से। मैं तो वैसी ही मुट-करी लगती हूँ। रिंकू के पप्पा तो टुनटुन कहते हैं !" वह खुद भी हँसने लगी।

बच्चे उछल-कूद रहे थे। ज्ञान उधर से ही चिल्लायी, "ऐ रिंकू-टिंकू, दादी के पास जाओ !"

और बच्चे दादी के कमरे में घुसे।

"आजा मेरे बबुआ ?" दादी ने बाँहें फैला दीं, "आ जा !"

बच्चे उछलकर खाट पर चढ़ गये। दादी की बाँहों में पानी की तरह समा गये।

भाभी और दादी के हाथों में हलवे का प्लेट थमाकर ज्ञान निकली तो अशोक बाबू ने कपड़ा बदल लिया था—मलमल का सफेद कुर्ता और झक-झक सोफियाना धोती। कंधे पर ढेर सारा टेल्कम पाउडर ! ज्ञान ने लपककर हलवा भाई के हाथ में थमाया। अशोक बाबू खड़े-खड़े खाने लगे।

ज्ञान चाय-पानी लेकर भाई के पास खड़ी हो गयी। अशोक बाबू ने झुककर ग्लास लिया और बड़ी आत्मीयता से बहन की ओर मुखातिब हो गये, "पुरानी वाली नौकरानी को बुलवा लिया करो !"

"भैया, अब ऊ नहीं आयेगी ! आपने ही तो चोरनी कहकर निकाला था।"

"अरे नहीं, ऊ तो हम गुस्सा में बोले थे। अब काम बढ़ जायेगा न, उसी को मना लो···भौजी से कह दो कि हम बाजार जा रहे हैं।"

ज्ञान भुनभुनाती रह गयी। भाभी के जाने के बाद बहाने से बेचारी को चोरनी कहकर निकाल दिया, अब भाभी आ गयी है तो हम उसको मनाकर रख लें। इतने दिनों से नौकरानी की जरूरत तो थी नहीं ! हम तो थे ही नौरी (नौकरानी) बनने के लिए। इ तो जौनावाली है जो हँस-बोलकर काम कर देती है। स्वार्थी कहीं का ! बात-बात में स्वार्थ।

बाद में चाय-पानी लेकर ज्ञान दादी के कमरे में गयी।

8

दालान में बल्ब जल रहा था। रिंकू-टिंकू हरिपरसाद बाबू के कंधे पर बैठे थे। हरिपरसाद बाबू दोनों को बहला रहे थे।

"पप्पा आयेगा तो चाकलेट लायेगा !"

"नहीं, पापा भूल जाते हैं, आप ला दीजिए।" बड़े रिंकू ने समझदारों की तरह कहा।

"ला दीजिए न !" टिंकू ने चहकते हुए कहा।

तभी अशोक बाबू आये। हाथ में पान का ठोंगा और नया टार्च।

झुके और पिता के चरण छूकर जाने लगे।

"इनका चाकलेट लाये कि नहीं ?"

"लाया हूँ बाबूजी···लो।" जेब से चाकलेट निकालकर उन्होंने दोनों बच्चों को थमा दिया।

"बैठो, कुछ बात करनी है !"

अशोक बाबू सामने पड़ी कुर्सी का माथा पकड़कर खड़े हो गये।

"बात ई है कि···" हरिपरसाद बाबू ने गला साफ किया, "बटेरन के भाई फुलेना को महथी भेजकर लड़के के बारे में पता किया था। लड़का

अच्छा है, चौबीस बीघा खेत है···बी० ए० में पढ़ता है।"

"माँगता कितना है ?" अशोक बाबू ने झट से पूछा।

"इक्यावन हजार नगद, बस।"

अशोक बाबू चुप।

चुप्पी हरिपरसाद बाबू को खल गयी। लेकिन अंदर उभरते क्रोध को उन्होंने सँभाला और आहिस्ते से बोले :

"तुम कुछ बोल नहीं रहे हो···पोस्ट ऑफिस में कितना जमा है ?"

"बाईस सौ।"

"अनाज कितना है ?"

"पचास मन धान होगा, साठ मन मकई, गेहूँ तो बेच ही दिया है, पैसा बनिया अभी नहीं दे गया है। खाने लायक गेहूँ रख दिया है। चावल भी खाने भर को है। धान, मकई सब बेच दें, और गेहूँ का पैसा भी जोड़ दें तो···करीब, पंद्रह हजार होगा।"

"इक्यावन हजार," सोचते हुए हरिपरसाद बाबू बोले, "दहेज का सामान, बरात-खर्चा, कपड़ा-लत्ता, गाजा-बाजा···सब मिलाकर नब्बे हजार लग ही जायेंगे !"

अशोक बाबू फिर चुप।

"रुपये का इंतजाम करना पड़ेगा न !" स्वीकृति के लिए हरिपरसाद बाबू ने अशोक की ओर देखा, "आजकल सूद-भरना (रेहन) भी जमीन कोई नहीं लेता···लगता है कोठी वाली जमीन बेचनी ही पड़ेगी··· चार बीघे का टुकड़ा है। तीन बीघा भी बेचेंगे तो साठ हजार आ जायेगा।"

अशोक बाबू अँधेरे की ओर देखने लगे। अब बाबूजी बोलेंगे-- काबर वाली जमीन का ग्राहक नहीं मिलता। कोठी वाली जमीन बिक गयी तो अस्सी मन गेहूँ, अस्सी मन मकई हर साल कहाँ से आयेगा। उससे ज्यादा उपजाऊ जमीन और कोई नहीं। काबर की खेती का कौन भरोसा ! कोठी वाली जमीन से ही घर चलता है, शान-शौकत बची हुई है।

"अशोक, कोठी वाली जमीन," चिंता के भँवर से हरिपरसाद निकले,

"उसे बेचना ही होगा। पिछली बार भी तुम अड़ गये कि जमीन नहीं बेचेंगे और ज्ञान की शादी रुक गयी। लोग पचास किसिम की बातें करते हैं, लड़की भी तीस की हो गयी।"

अशोक बाबू की चुप्पी को हरिपरसाद समझ रहे थे। उबलता तैश अपना चेहरा बाहर निकाल रहा था। लेकिन मामला शांति से निबटाना है, यही सोचकर हरिपरसाद संयत थे।

"तुम कुछ बोलते क्यों नहीं ?"

"क्या बोलें !" अशोक बाबू उबल पड़े, "जमीन तो आप बेच लेंगे, ज्ञान की शादी हो जायेगी, आपकी इज्जत रह जायेगी ! पर कल को हम खायेंगे क्या ? कल को आपकी इज्जत कैसे निभेगी ? आप दूसरा लड़का ढूँढ़िए जिसमें कम पैसा लगता हो। कोई जरूरी है कि हम इक्यावन हजार दें ?"

"सस्ती में भी इक्यावन से कम नहीं दिया—आजकल इक्यावन हजार का मोल क्या है ?" संयत ही रहे हरिप्रसाद।

"बाबूजी, अब ऊ जमाना नहीं रहा।"

दोनों बच्चे चौकी पर ही बैठे थे। वे क्या समझते। हरिपरसाद बाबू चौकी पर से उठ गये। बूढ़ी हड्डियों में सनसनाहट दौड़ रही थी।

"हाँ, अब वो जमाना नहीं रहा !" बिफर उठे हरिपरसाद जोर से, "अरे डूब मरो ! टुन्नू ने सात साल पहले अपनी लड़की की शादी में इक्यावन हजार दिया। मुंशी सुदामालाल ने इक्तालीस हजार पोती की शादी में दिया···तुम्हारे लिए जमाना बदल गया ?"

दालान में शोर सुनकर ज्ञान गलियारे में आ गयी और किवाड़ की ओट से पिता और भाई के बीच उफन रहे तनाव को महसूस करने लगी।

अशोक बाबू किसी तरह अपने पिता को समझाना चाहते थे, इसी लिए गुस्से के बावजूद उनका स्वर सधा था। जमीन तो बाबूजी जब चाहें तो बेच सकते हैं। अगर वे कोर्ट में जाकर रुकवाना चाहें तब भी बेइज्जती होगी पूरे गाँव में। इसीलिए बाबूजी को मनाना ही होगा।

"बाबूजी, जिनके पास आमदनी है वे बड़ी रकम तिलक-दहेज में

देते हैं। हमारे पास नहीं है तो कहाँ से दे पायेंगे ? कोई दूसरा लड़का ढूँढ़िए ! इतना दहेज देने के बाद हम भूखे मर जायेंगे।···फिर बड़का भैया से भी पूछ लेते···"

"उससे क्या पूछना ? वह तो बोलता ही है कि जैसा चाहिए कर लीजिए। उस बेचारे को वकालत से जो मिलता है, उसी से अपना काम चलाता है। अगर हम बेच देंगे तो वह पूछने भी नहीं आयेगा। तुम्हीं ससुर से कनफुसकी करने जाओगे···अब तो गुरु आइन को भी ले ही आये हो !···"

अब बहुत हो गया। बाबूजी हद से बाहर बढ़े जा रहे हैं। अशोक कुर्सी का माथा छोड़ आगे बढ़ गये, सीढ़ी की तरफ।

"तो सुन लीजिए बाबूजी, आपको एक धुर भी जमीन बेचने नहीं दूँगा ! बहुत जमीन बेच चुके ! ज्ञान की शादी मैं करवाऊँगा ! आप चुपचाप इज्जत-इज्जत जपते रहिए !"

हरिपरसाद बाबू को जैसे करेंट छू गया हो, सारा शरीर झनझना गया।

"तुम्हारी क्या औकात जो बहन की शादी कर सको। जाकर बीवी के आँचल में छिप जाओ ! स्वार्थी ! मौगा !"

"होश में रहिए बाबूजी ! हमको समझाने चले हैं इज्जत ! कोई पतुरिया बारात में आयी नहीं कि महफिल में सौ-दो सौ नजराना दे देंगे··· खाने का ठिकाना नहीं और दिन भर ठुमरी, शतरंज ! हम करेंगे ज्ञान की शादी ! हम ही करेंगे ज्ञान की शादी···" दनदनाते अशोक सीढ़ी से उतर गये।

डरे हुए दोनों बच्चे भी चुपचाप उठकर आँगन में चले गये। किवाड़ की ओट में ज्ञान विक्षोभ और नफरत से थरथरा रही थी। पिता को दालान का चक्कर लगाते छोड़ चुपके से वह आँगन की ओर मुड़ी तो ठीक उसके पीछे सरमेरावाली दुलहिन खड़ी थी। वह भी बाप-बेटे का झगड़ा सुन रही थी। दुलहिन ने ज्ञान को देखकर मुँह चमकाया। ज्ञान दनदनाती अंदर चली गयी।

सूने दालान में हरिपरसाद बाबू टहलते रहे। चाँद अभी भी नहीं

निकला था। हवेली की उखड़ी ईंटें बोल रही थीं। गुमसुम हरिपरसाद बाबू सुन रहे थे। वे दिन भी क्या थे! शान और रोबदाब से भरे दिन। शाम होते ही यहाँ महफिल लगती थी। बेटा बाप से बात नहीं कर सकता था। पत्नी पति के पाँव की धूल थी। अशोक की माँ से बर्दाश्त नहीं हुआ, जहर खाकर सो रही। लेकिन मुँह से एक शब्द नहीं निकला था। जमाना सचमुच वो नहीं रहा, तभी यह दिन भी देखना पड़ा।

लोनी लगी ईंटें बोल रही थीं—धीमे-धीमे। सिसकियाँ तो सिर्फ दादी सुनती थी—ज्ञान की माँ की या ज्ञान की! कमान की तरह तने अंधकार में कुछ दिखायी नहीं पड़ रहा था। थोड़ा-सा उजाला सिर्फ दालान में था। झिंगुड़ों की आवाजें थीं। लगातार बजती।

9

दूर से टुन्नू बाबू की हवेली रात में बहुत सजती थी। रोड से थोड़ी ही दूर थी हवेली। लेकिन उनकी अपनी सड़क हवेली तक जाती थी। दोनों तरफ खेत। बाहर नियोन बल्ब जलता था। एकदम सफेद मकान, नये डिजायन का दूधिया रोशनी में जगमग करता।

मकान के पीछे आम, लीची का बगीचा। टुन्नू बाबू और हरिपरसाद बाबू के हाते के बीच कँटीली बाड़ थी। बहुत मजबूत। टुन्नू बाबू की तरफ तो जंगली घास-फूस भी दूर-दूर तक उगी रहती, बाड़ के किनारे-किनारे।

मकान के बाहर एक मोटर साइकिल और एक जीप खड़ी थी। ड्राइंगरूम से ठहाके की आवाज आ रही थी। अंदर कई लोग बैठे थे। सेंटर टेबल पर ग्लास बिखरे थे। विलायती शराब की खाली बोतलें पड़ी थीं। जूठे प्लेट, पान के बीड़े। सिगरेट के धुएँ से माहौल भरा था।

सिल्क के कुरते और धोती में टुन्नू बाबू सब लोगों से भव्य दीख रहे थे। उनके ठीक बगल में चेरिया बरियारपुर थाने का मोटा काला-कलूटा दारोगा वर्दी में बैठा था। सामने के सोफे पर वाटरवेज का एस० डी० ओ० और चेचक के दागों से भरे मुँहवाला बैंक मैनेजर बैठे थे।

"अच्छा, टुन्नू बाबू ! बहुत लेट हो जायेगा। दस बज रहा होगा।" एस० डी० ओ० उठ खड़े हुए।

बैंक मैनेजर सिन्हा भी साथ हो लिया। दारोगाजी बैठे रहे।

"जैसी आपकी मर्जी, हुजूर ! हम जाने को कैसे कह सकते हैं !" टुन्नू बाबू ने खुशामदी लहजे में कहा।

"आज इतना ही सही !" एस० डी० ओ० ने कहा।

"और क्या ?" बैंक मैनेजर सिन्हा ने हामी भरी, "आपको छोड़कर हम लोग इस देहात में कहाँ जा सकते हैं···बस यहीं आकर तो थोड़ा मौज-मस्ती हो जाती है ··बाकी सब तो नाम के रईस हैं। और क्या ?"

"सब आप लोगों की मेहरबानी है !" टुन्नू बाबू पीछे हो लिये। एस० डी० ओ० और बैंक मैनेजर सिन्हा जीप में बैठकर चले गये।

टुन्नू बाबू मुड़े तो दारोगाजी सामने थे।

"अब मैं भी चलूँ, टुन्नू बाबू !"

"अरे बैठिए हुजूर ! आप तो खुद ही दारोगा हैं, आपको क्या डर ?" टुन्नू बाबू ने दारोगा को हँसाने की कोशिश की।

"डर कौनो बात का नहीं है," दारोगाजी आगे बढ़ने लगे।

"बस हुजूर, खयाल रखिएगा जरा !" टुन्नू बाबू झुक गये।

"आपे हमरा खियाल नाहीं रखते हैं, मुकदमा में कहीं हार गये तो···," दारोगाजी अपनी बात पर आ गये।

टुन्नू बाबू चौंके। इशारा और पैसे की तरफ था। साला रजेंदरा को डकैती केस में फँसाना आफत हो गयी। एक हजार रुपये से पेट नहीं भरा।

"हार-जीत उनके लिए होती है जो लचीले नहीं होते, दारोगाजी ! हम तो खिलाड़ी हैं। हार-जीत तो चलती रहती है !"

टुन्नू बाबू की दार्शनिक बघार पर दारोगाजी बच्चे की तरह अचंभित रह गये। दारोगाजी ने सोचा—हारा हुआ आदमी ही पिंगिल पढ़ता है। टुन्नू बाबू तो चुस्त हैं। हर बात पर पारे की तरह मुलम्मा चढ़ायेंगे, जिसमें खुद तो ढँक जायेंगे और दूसरे शीशे में चमकने लगेंगे। लेकिन दारोगाजी भी ऐसे ही चुस्त लोगों से निबटते-निबटते ही सिपाही से

दारोगा बने थे। उन्होंने अपना दाँव लगाया।

"टुन्नू बाबू, अगर कोर्ट से रजेंदरा छूट गया तो आपके लिए खतरा हो जायेगा। पोलिटिकल-पैरवी ही सब कुछ नहीं है...आप खुद समझदार हैं। झूठ को सच बनाने में मिहनत तो लगती ही है! कहीं बात खुल गयी तो ...जैसा रिस्क, वैसी मजदूरी..."

टुन्नू बाबू ने कांइयाँ दारोगा को नफरत से देखा। साला रंडी की तरह है। हर बार पैसा चाहिए। लेकिन काम पड़ा है इससे टुन्नू बाबू के सिकुड़े होंठ फैल गये और पान की पीक से काले पड़ गये उनके दाँत चमके। उनकी आवाज कोमल सुर में उतर गयी, "दारोगाजी, नजराना से इनकार किसे है? लेकिन इंसाफ तो यही कहता है कि एक मुर्गे को एक ही बार हलाल किया जाय।" दारोगाजी ऊखल-सी तोंद पर पैंट ऊपर खिसकाते हुए आगे बढ़े।

"टुन्नू बाबू, मुर्गी जब तक जिंदा है, अंडे तो देगी। है कि नहीं?... अच्छा, चलते हैं... परनाम!"

दालान के नीचे लगी मोटर-साइकिल भड़भड़ाकर स्टार्ट हो गयी। दारोगाजी टुन्नू बाबू की आँखों से ओझल हो गये। टुन्नू बाबू हरी घास पर टहलने लगे। साला दरोगा! कौन बड़ा है—ई दारोगा या रामसागर सिंह एम० एल० ए०? पता नहीं ई लोग कैसे एम० एल० ए० हैं कि दारोगा भी बात नहीं मानता है। रामसागर सिंह के चुनाव में क्या नहीं किया? खर्चे के लिए पैसा दिया, बम-पिस्तौल का इंतजाम किया, गुंडों को जुटाया, लेकिन तब भी दारोगा जैसे अफसर को पैसा देना पड़ता है। ई साला अफसर लोग सब दिन का साहेब है। एम० एल० ए० आते हैं, जाते हैं। छोटे काम के लिए अफसर को पटाना ठीक रहता है, पर बड़े काम के लिए तो पोलिटिकल-पैरवी जरूरी हो जाती है। अचानक टुन्नू बाबू की नजर पश्चिम में तार की बाड़ के पास चली गयी। कोई तार लाँघ रहा था।

छाया तार लाँघ गयी और मकान के तरफ बढ़ी तो टुन्नू बाबू कड़के, "कौन है?"

छाया आगे बढ़ती गयी। नजदीक आने पर कपड़े दिखायी पड़ने लगे

थे। सफ्फाक धोती और कुरता। कोई बूढ़ा है! टुन्नू बाबू फिर गरजे, "कौन है, बोलता क्यों नहीं है ?"

छाया चुपचाप आकर सामने खड़ी हो गयी।

"दादा !" टुन्नू बाबू लगभग चीख पड़े।

"हाँ, टुन्नू !" हरिप्रसाद बाबू ने संकोच से कहा।

टुन्नू बाबू ने झट आगे बढ़कर हरिपरसाद बाबू का हाथ पकड़ लिया और दालान पर चढ़ गये। दालान पर पड़ी आराम कुर्सी पर हरिपरसाद बाबू को बिठाया और खुद सामने की सीढ़ी पर बैठ गये।

दोनों में से किसी को सूझ नहीं रहा था कि बात कैसे शुरू करें। हरिपरसाद बाबू को एक-एक पल पहाड़ लग रहा था। टुन्नू बाबू भी बर्फ की तरफ जमे थे। हरिपरसाद बाबू ने सोचा, कितने वर्ष हो गये टुन्नू से बोले-बतियाये ! लेकिन बात तो करनी है। हरिपरसाद बाबू ने गला साफ किया और बिना टुन्नू बाबू की ओर देखे बोले।

"टुन्नू, ज्ञान की शादी में तिलक के पैसे कम पड़ रहे हैं। कोठी वाली जमीन तुम खरीद लो। लेकिन बात खुले नहीं, बस थोड़े दिन···अशोक जमीन बेचने के खिलाफ है, वकील को कोई एतराज नहीं है। लेकिन कब तक बेटी को घर में बिठाये रखेंगे ! शादी तो इस बार करनी ही है। तुम उस जमीन को ले लो तो बेटी से उरिन हो जाऊँगा···जमीन तो बाबूजी के नाम से है, तुम चाहोगे तो माँ और रामबाबू दोनों से दस्तखत करवा दूँगा।'

टुन्नू बाबू यह उम्मीद कर रहे थे कि दादा शायद पटना वाली जमीन के मुकदमे में सुलह वगैरह के लिए आये हैं। लेकिन दादा तो जमीन बेचने आये हैं ! क्या घर की हालत ऐसी हो गयी कि जमीन बिकेगी तभी लड़की की शादी होगी ?

टुन्नू बाबू को कुछ न बोलता देख हरिपरसाद बाबू और चिंतित हो गये।

"कुछ बोलो टुन्नू !"

"दादा," टुन्नू बाबू ने आहिस्ता से तौल-तौलकर कहना शुरू किया, "जमीन तो ले सकता हूँ, पर गाँव है, बात खुलते क्या देर लगेगी।"

"टुन्नू, रजिस्ट्री के लिए रजिस्ट्रार को बेगूसराय में डेरे पर बुलवा लेंगे,

तब कौन जानेगा ? शादी के बाद अशोक को पता भी चलेगा तो कुछ बिगड़ेगा नहीं। पहले पूछेगा तो कह देंगे जमींदारी-बाँड बेचा है···हालाँकि वह तो विभा की शादी में बिक गया था···बहुत करेगा तो अशोक अपने हिस्से में दूसरी जमीन ले लेगा।"

टुन्नू बाबू फिर सोचने लगे। अभी दादा को गरज है, अगर मुकदमे में भी सुलह हो जाय तो उस झंझट से भी मुक्ति। मौका अच्छा है, कम कीमत में जमीन भी मिल जायेगी।

हरिपरसाद बाबू की व्यग्रता बढ़ने लगी।

"तुम चुप क्यों हो जाते हो ?"

"दादा," टुन्नू बाबू फिर सँभल कर बोलने लगे, "अभी पैसे की थोड़ी दिक्कत है, मुकदमे में भी खर्चा होता है···"

"अरे काहे को छल करते हो टुन्नू ! तुम्हें पैसे की क्या दिक्कत है ? बढ़िया जमीन है, बोरिंग पंप, ट्रैक्टर, ट्रक, ठेकेदारी है···ऊपर से खर्चा नहीं है···अभी ट्रक लिया है कि नहीं ?···मुकदमा में ही खर्चा होता है न, कौन कोर्ट में आगे गया था, मैं कि तुम ?···देखो, मेरी इज्जत रख लो ! हर हालत में तुम्हें पैसे का बंदोबस्त करना है ? ज्ञान तुम्हारी भी तो भतीजी है···मेरी···" हरिपरसाद बाबू का गला रुँध गया। लेकिन टुन्नू बाबू बेरहमी से अपनी चाल चल रहे थे, "दादा, पैसे का कुछ-न-कुछ बंदोबस्त कर लूँगा ! पर मुकदमे के रहते यह रजिस्ट्री कमजोर पड़ जायेगी और कहीं अशोक अड़ गया तो ?"

हरिपरसाद बाबू चुप हो गये। टुन्नू यही चाहता है कि मुकदमे में सुलह हो जाय···। उन्होंने अपना जी कड़ा किया और टुन्नू बाबू की ओर मुड़े।

"ठीक है, मुकदमे में सुलहनामा हो जायेगा। जमीन रजिस्ट्री से पहले ही सुलहनामे पर दस्तखत करवा लो···पटना वाली आधी जमीन के लिए हम मर नहीं जायेंगे···अब बोलो, कल पटना चलोगे सुलहनामे के लिए !···"

"कल ही चलिए !" टुन्नू बाबू अपनी खुशी छिपाने की कोशिश कर रहे थे, "पटना का काम जरा टेढ़ा भी है···वकील, कोर्ट···।"

"ठीक है, कल सबेरे वाली बस में सतियारा चौक पर मिलूँगा !"

हरिपरसाद बाबू उठने लगे ।

"इतने साल पर आये हैं दादा !" टुन्नू बाबू ने हाथ पकड़ लिया, "कम-से-कम पान तो खा लीजिए !"…

टुन्नू बाबू लपककर अंदर गये और पान का डब्बा उठा लाये ।

"लाओ !" पान चबाते हरिपरसाद बाबू बोले, "रजिस्ट्री के बाद साथ ही महथी चलेंगे । वहीं लड़का है । तुम भी साथ रहोगे, उधर से तय करके ही लौटेंगे । भले एकाध हफ्ता लग जाये ।"

टुन्नू बाबू हरिपरसाद बाबू को अँधेरे में जाते देखते रहे । आखिर दादा को यह दिन भी देखना पड़ा…कहाँ गया वह घमंड जब कहते थे कि टुन्नू को मँझौल गाँव से बाहर निकालकर दम लूँगा ? अब अपना ही थूक चाटना पड़ रहा है !

10

बाजार जैसी चहल-पहल रात में सतियारा चौक पर नहीं रह जाती । रामौतार कंपाउंडर ने दुकान बंद की और अशोक बाबू के साथ साइकिल सँभाले चल पड़ा । कुछ ही दूर पर कामरेड की चाय की दुकान थी । सामने से जैसे गुजरे तो रजेंदरा ने फिकरा कसा, "अब तो नारद मुनि भी चेला लेकर चलते हैं !"

अशोक बाबू मुड़े, लेकिन रामौतार ने टोक दिया, "छोड़िए अशोक बाबू, इ शूदरवा (शूद्रों का) राज है, थोड़ा परहेज ही करना चाहिए ।"

"ससुरे अंड-बंड बकेंगे, अ हम छोड़ देंगे ? हुँह ! आप भी कमाल करते हैं !"

"देखिए अशोक बाबू, ई साला शुद्दर लोग एक हो जाता है, ऊपर से कौमनिस्ट लोग भी उसी के साथ है…बात-बात पर उलझने से हलका ही जाता है आदमी…"

"सो तो है रामौतारजी, उस दिन आप ही फुलेना नाई से झगड़ गये ।"

"अब ई है कि रौब-दाब के लिए कुछ न कुछ तो करना ही पड़ता है ।

ऊ साला मेरे सामने छींट वाला (बाटिक प्रिंट) लूँगी झमकाता था···अब ई है कि शुद्दर को दो पैसा हुआ नहीं कि लगेगा आग मूतने···उसी से थोड़ा डोज दे दिया !"

अशोक बाबू ने भी कामरेड की चाय की दुकान पर बैठना छोड़ दिया था। लुच्चे-लफंगों के साथ कौन बैठे ? रामौतारजी कंपाउंडर हैं, अपने मैनेजर साहब (मुंशी सुदामालाल) के पड़ोसी और घरेलू आदमी हैं। इलाके के रंगबाजों का इलाज करते हैं। इसी तरह के आदमी उनकी दुकान पर बैठते हैं। इसी से अशोक बाबू चौक पर रामौतार के पास बैठनें गे ल। चाय-पान वहीं कर लेते थे, मन भी लग जाता था। रामौतार के पास इलाके भर की खबरें होती थीं। अशोक बाबू के घर के पहले ही रामौतार का घर था, उसी सड़क पर। अक्सर दोनों साथ लौटते थे।

"क्या हो गया अशोक बाबू" रामौतार आहिस्ता से फुसफुसाया, "उस दिन हरिपरसाद बाबू मुंशी सुदामालाल से जोर-जोर से आपका नाम लेकर कुछ कह रहे थे ? बहन की शादी वगैरह बोल रहे थे ?"

अशोक चौंक गये। घर की बात भी फैल गयी !

"क्या कह रहे थे बाबूजी ?"

"वही, अशोक खेत बेचने से रोक रहा है ! कहता है, आप बैठे रहिए, बहन की शादी हम करेंगे !"

"इक्यावन हजार खेत बेचकर दें, ई तो मूर्खता है न ! कोई लड़का ठीक मिले, कम पैसा लगे, तभी शादी करेंगे, यही मैंने कहा था···कोठी वाली जमीन बिक गयी तो हम कहीं के न रहेंगे। काबर की जमीन का खरीदार मिलता नहीं···"

"तो फिर शादी कैसे होगी ?" बुजुर्गों के अंदाज में रामौतार ने कहा।

"वही तो मुश्किल है !"

"लेकिन लड़का तो कैसा भी हो, तिलक-दहेज तो लगेगा ही·· आप लड़का भी अच्छा खोजते हैं और पैसा भी खर्च करना नहीं चाहते हैं। तब तो पकड़ौआ लड़का ही करना पड़ेगा !"

अशोक बाबू चकित रह गये। पकड़ौआ लड़का ?

किसी खाते-पीते परिवार के जवान लड़के का अपहरण कर लीजिए और अपनी लड़की से जबरन शादी कर दीजिए। तिलक-दहेज भी बच गया, शादी भी हो गयी। बाद में लड़के वाले लड़की को अपने घर ले जायेंगे ही, क्योंकि समाज के लोग कहेंगे — अब जो हो गया सो हो गया। लड़की कब तक मायके में बैठी रहेगी? शादीशुदा लड़के से कौन शादी करेगा? बस, सारा झंझट खत्म···थोड़ा मान-मनौवल चलता ही है। ऐसी शादियाँ धड़ाधड़ हो रही हैं। मँझौल गाँव में ही पिछले साल ऐसी सात शादियाँ हो गयीं! पकड़ौआ लड़का।

"क्या कह रहे हैं रामौतारजी?" अटकते हुए अशोक बाबू ने पूछा।

"अशोक बाबू, इसमें कौन गलत बात है? सब कर रहे हैं! हाँ, लड़के और उसके जमीन-जायदाद के बारे में जरूर पता कर लेना चाहिए। शादी के थोड़े दिन बाद किसको याद रहता है कि शादी पकड़ौआ लड़के से हुई थी?"

अशोक बाबू के मन में जबर्दस्त उलझन चल रही थी। क्या बाबूजी इसे बर्दाश्त कर सकेंगे? दादी तो शायद मर ही जाय। खेत बचेगा इसलिए बड़े भैया मान जायेंगे। ज्ञान? औरत को तो जहाँ डाल दो, वहीं घर बसा लेगी!

"रामौतारजी," अशोक बाबू ने हिचकते हुए पूछा, "ऐसा कोई लड़का है?"

"है! मेरे भगिना (भांजा) रमेश के साथ बेगूसराय में पढ़ता है। सिमरिया गाँव का है। पुरबी सिंह का बेटा प्राण कुमार नाम है। तीस बीघा जोत का हिस्सेदार है। तंदरुस्त और पढ़ाई में ए-वन!···"

"आप तो बहुत खोज-खबर रखते हैं!"

"न रखें तो काम कैसे चलेगा? पिछले साल बरियारपुर वाले संतोखी सिंह को एक लड़का करवा दिया कि नहीं? अभी तक एहसान मानता है, बेचारा!" रामौतार की गर्दन गर्व से तन गयी, "··बस, यही कोई तीन हजार खर्चा होगा लड़का लाने में और शादी में दो हजार, जेवर-गहना तो घर में होगा ही···बाद में लड़के वाले दस आदमी से बारात लेकर आयेंगे, पाँच हजार और खर्च कर दीजिए! दस हजार में काम खत्म!"

"बस्स ?" आश्चर्य से अशोक बाबू ने पूछा ।

"तो और क्या ? बाकी हरिपरसाद बाबू की सोच लीजिए···इज्जत के लिए वे धूर-धूर बेच देंगे···ऐसे रोबियल आदमी हैं !···पर एक बार जो हो जाता है तो सब ठंडा हो जाता है···वे भी मान जायेंगे ।" चलते-चलते अशोक बाबू रुक गये । अगर बाबूजी के पीछे यह शादी हो जाय, तो काम बन जायेगा । सरमेरावाली दुलहिन को मनाना पड़ेगा···ऊ तो मान ही जायेगी । भैया को बाद में खबर कर देंगे ।

रामौतार भी साइकिल सँभाले रुक गया था ।

"क्या सोचने लगे अशोक बाबू ?"

"कोई लगन (लग्न) इधर है रामौतारजी ?"

"बिल्कुल है । आज शुक्कर (शुक्रवार) है न, बुध को लगन है ।"

"ठीक है !" अशोक बाबू ने राजभरे अंदाज में कहा, "बाबूजी पटना गये हैं, हफ्ता भर बाद आयेंगे···इसी बीच···कल सवेरे बेगूसराय चलिए !"

"देखिए, हमको भी रोजी-रोटी देखना है···ऐसा कीजिए कि आप सिमरिया जाकर, पता कर चार बजे बरौनी लॉज में चले आइए । जी० डी० कॉलेज के पच्छिम में है, वहीं मिलूँगा । लड़का भी देख लीजिएगा । और लड़के को लाने वाला आदमी भी ठीक कर लेंगे··· बस, साथ में तीन हजार रुपया ले लीजिएगा···सबको देना होगा ।"

"सब पैसा एडवांस ?" अशोक बाबू शंकित हुए ।

"काम नहीं होने पर मैं देनदार रहूँगा, मैं लौटा दूँगा ।"

"तब ठीक है···आप तो अपने आदमी हैं, फिर क्या डर है !"

दोनों फिर चलने लगे । रामौतार का घर आ गया था । सड़क के दोनों किनारे पर भांग के अवांछित पौधे लहरा रहे थे । अँधेरी रात में भी दोनों को परिचित रास्ते की वजह से कोई दिक्कत नहीं हो रही थी । फिर जहाँ-तहाँ मकानों से रोशनी भी झाँक रही थी । रामौतार रुका और अशोक बाबू की ओर मुखातिब हो गया ।

"रुकिए, मेरे घर पर पान तो खाते जाइए ।"

"आज छोड़ दीजिए रामौतारजी, सवेरे का इंतजाम भी करना है !"

"कोई बात नहीं···एक बात और···अभी किसी को यह सब बताइएगा नहीं · दुलहिन को भी नहीं···औरत जात के पेट में बात कहाँ पचती है···सब तय हो जाय तब बता दीजिएगा।"

"ठीक कहते हैं आप···अच्छा···?"

पूरे रास्ते अशोक बाबू को लगता रहा कि वे बहुत हल्के हो गये हैं और अचानक उनकी कल्पनाशीलता बढ़ गयी है। उनकी खुशी पर सिर्फ एक ही अंकुश था—अगर सब ठीक-ठाक हो गया तो···घर के पास आते ही खयाल आया कि रामजी कहार को अनाज बेचा था, पैसे ले लूँ, कल तो पोस्ट ऑफिस जाना मुश्किल है। अशोक बाबू हवेली में घुसने के बजाय रामजी कहार के घर की तरफ चल पड़े।

रामजी फुलेना से बतिया रहा था। अलग ले जाकर पैसे के बारे में बात की। थोड़ी देर सड़क पर खड़े रहे तो रामजी ने चार हजार रुपये अँधेरे में दे दिये और अशोक बाबू प्रसन्नमन हवेली की तरफ बढ़ गये। न जाने कौन-सा गीत वे आहिस्ता-आहिस्ता गुनगुना रहे थे। हवेली में घुसते ही याद आया—दुलहिन से कुछ नहीं कहना है।

कालेज के पीछे वाली सड़क और मेन रोड के तिराहे पर चाय की दुकान के सामने जैसे ही अशोक बाबू पहुँचे कि रामौतार की आवाज सुनायी पड़ी।

"अशोक बाबू! यहाँ चाय की दुकान में आइए।"

सड़क के नीचे उतरकर आये तो चाय की दुकान में रामौतार एक अजनबी के साथ बैठा था। दोनों के हाथ में चाय का ग्लास था। अजनबी ने मटमैली शर्ट और धोती पहन रखी थी। कंधे पर लाल अंगोछा। पतली-नुकीली मूंछे और माथे पर हनुमानजी का लाल टीका।

"ए बुढ़िया, एक चाय और दे।" रामौतार ने अशोक बाबू की तरफ इशारा किया, "नहीं, रहे दीजिए ई गरमी में चाय।"

"क्या हुआ?" रामौतार ने तुरत पूछ लिया।

अशोक बाबू ने संकोच और संशय से अजनबी को देखा। रामौतार तुरत भाँप गया।

"ई अपने आदमी हैं, इन्हीं की मदद से तो ई काम होना है···टैक्सी

चलाते हैं। नाम तो असल दूसरा है, पर टैक्सी-स्टैंड में टाटा सिंह के नाम से जाने जाते हैं। एकदम एकलौटी डराइवर अ हिम्मत वाले आदमी हैं!" रामौतार ने टाटा सिंह से मुखातिब होकर कहा, "इहे न अशोक बाबू हैं, जिनका काम आपको करना है!"

"सिमरिया जाकर क्या पता लगा?" टाटा सिंह ने ग्लास बेंच के नीचे रखते हुए पूछा।

"ठीक है, रामौतारजी ने जैसा बताया था वैसा ही है। रिश्तेदारी का भी पता लग गया। लड़के की ननिहाल बरौनी गाँव में है। एक बहन सदानपुर और दूसरी बछवाड़ा में ब्याही है। अच्छा घर है। बाप पूरबी सिंह बड़े अच्छे रामायणी हैं। सज्जन आदमी हैं। बाद में मान जायेंगे।" अशोक बाबू धीरे-धीरे खुले, "देखते नहीं हैं, धूल से एकदम भर गया, बहुत दूर तक कच्ची सड़क है सिमरिया के रास्ते में। ऊ तो लौटते समय में जीरो माइल में खाना खा लिया, नहीं तो भूखे मर जाता।"

"अच्छा, अब हमरा सुनिए, लॉज में कोई नहीं है। हमारा भगिना रमेश भी नहीं है। कॉलेज में कुछ फंक्शन है। चलिए, वहीं हॉल से निकलेगा त मिल लेंगे। इनको भी प्राण कुमार को चिन्हा (पहचान करवा) देंगे। लॉज त ई देखे लिए हैं, चार नंबर कमरा में रहता है···ऊ मकान देख रहे हैं, वहीं बरौनी लॉज है···रोडवे पर ऊ चारनंबर कमरा···बाहर में गमछा सूख रहा है···" रामौतार ने इशारा किया।

"हाँ, समझ गये···!" नजर पड़ने के बाद अशोक बाबू ने कहा।

"वहीं से लड़के को उड़ाना है! इनको सब समझा दिया है, बुधवार को लगन (लग्न) है।···अच्छा, अब चलिए! वहीं हालके गेट पर रहेंगे।"

अशोक बाबू ने चाय का पैसा देने जेब में हाथ डाला तो रामौतार ने हाथ पकड़ लिया। टाटा सिंह ने झट से एक अठन्नी बुढ़िया के सामने फेंक दी।

"सिंघजी, काम कैसे होगा?" उत्सुकता से अशोक बाबू ने पूछा।

"देखिए, मेरी गाड़ी हइये है, हम खुदे चलायेंगे, तीन-चार जवान को ले लेंगे, साथ में विश्वकर्मा रहेगा···" टाटा सिंह सरलता से बताने लगा।

"विश्वकर्मा ?" अशोक बाबू ने टोका।

"पिस्तौल को विश्वकर्मा कहते हैं, गोली का दाना···लड़का बाहर निकलकर जइबे करेगा, खाना खाने, चाय पीने···नहीं तो जाकर बाहर बुलायेंगे, जैसे बाहर निकला कि लेकर उड़ान दे देंगे। मँझौल में कंपाउंडर साहेब यहाँ रखेंगे। ई आपको खबर न देंगे···आप शादी का इंतजाम कीजिएगा···एकदम टैम से लड़का लेकर पहुँच जायेंगे। शादी कराकर भोज-भात खाकर लौट जायेंगे।"

"जरा सँभलकर करना होगा !" धड़कते दिल से अशोक बाबू ने कहा।

"हम लोग सँभलकर ही करते हैं···हर लगन में दू-चार लड़का उठाते ही हैं ! सब ठीके रहेगा···। पैसा लेते हैं त काम भी फाइनल करते हैं। टाटा ट्रक कभी फेल होता है ? वइसे टाटा सिंह भी फेल नहीं होता !" टाटा सिंह ने मूँछों पर हाथ फेरा और तनकर चलने लगा।

कॉलेज के गेट में घुसते ही खाकी वरदी में एक चपरासी दीख गया। अशोक बाबू ने लपककर पूछ लिया कि फंक्शन किस हॉल में है। चपरासी ने इशारे से बताया कि बायीं तरफ फीजिक्स गैलरी में है।

हॉल के पास तीनों पहुँचे तो दो चपरासी बाहर पानी की बाल्टी और ग्लास के पास स्टूल लगाकर बैठे थे। तीनों उन्हीं के पास जाकर खड़े हो गये। अंदर से भाषण देने की आवाज आ रही थी।

"फंक्शन कब खतम होगा ?"

"अभी त शुरुवे हुआ है ! लड़का लोग कवीता पढ़ रहा है !" एक चपरासी ने कहा।

"इह ! कितना त कवीता पढ़ चुका···अब खतमे होगा !" दूसरे ने खंडन किया।

"तब तक यहीं ठहरते हैं···चलिये ऊ सीढ़ी पर बैठते हैं।"

"रुकिए, रुकिए, ऊ लड़का जो स्टेज पर गया है—वही प्राण कुमार के साथ रूम में रहता है···मदन सहनी (मल्लाह) है। बड़ा अच्छा गाता है···एकदम शरीफों का चाल-चलन है उसका।" रामौतार ने कहा।

"होगा, मुँह पर खड़ा होना ठीक नहीं, चलिए," उकताकर अशोक

रामौतार का हाथ ने पकड़कर खींचा।

सांवला, लंबा और भरे बदन वाला मदन सहनी माइक के सामने आ गया था। उसने पीछे देखा जहाँ अध्यापकों की कतारें थीं, बीच वाली कुर्सी पर प्रिंसिपल बैठे थे। सामने छात्र-छात्राओं से भरी गैलरी। गैलरी की अगली कतारों में भी प्राध्यापक थे। मदन ने कहना शुरू किया :

"मेरी कविता एक बूढ़े स्वाधीनता-सेनानी का नौजवानों को संबोधन है। आजादी के बाद हमारे सपनों को क्या हुआ, और नौजवानों को क्या करना चाहिए—इस बीमार देश को स्वस्थ बनाने के लिए···मदन ने खाँसकर गला साफ किया और तरन्नुम में पढ़ने लगा :

मेरे पास आने पर यह सोचना
कि तुम आजाद परिंदे हो
वक्त के धारे तुम मोड़ना
अपनी धरती, अपना गगन
फिर भी कैदी अपना मन
कैसे बन गये थोड़े से मालिक
थोड़ी देर रुक कर यह सोचना···

बीच-बीच में वाह-वाह, बहुत खूब की आवाजें आती रहीं। कविता खतम होने पर देर तक ताली बजती रही। कार्यक्रम का समापन हो गया।

सबसे पहले प्रिंसिपल निकले, फिर अध्यापकगण और लड़कियाँ और तब लड़कों की भीड़। रामौतार सीढ़ी के पास ही खड़ा हो गया और अपने भांजे को तलाशने लगा। तभी साँवले-सुदर्शन रमेश पर उसकी नजर पड़ी और रामौतार चिल्लाया, "रमेश !"

"अरे मामू ? परनाम !" रमेश भीड़ में से चिल्लाया।

"प्राण कुमार को देखने आये हैं···वो बैठे हैं मेरे गौआँ (गाँव के लोग), उसको ढूंढ़ो !"

"अच्छा, आप बैठिए···मैं बुलाकर लाता हूँ !" रमेश भीड़ की तरफ लपका।

भीड़ ठेलकर वह अंदर पहुँचा तो मदन सहनी के पास ही प्राण कुमार खड़ा था। मदन सहनी को कई लड़के घेरे हुए थे। लड़के बधाई दे रहे थे।

"कमाल का गाते हैं आप !" एक ने कहा।

"तुमने कविता भी बढ़िया लिखी है, सीधी और सच्ची !"

"हम लोग तो लॉज में इसे कविजी ही कहते हैं, भई !" प्राण कुमार ने ताईद की, "मन की तरंग है, कभी खूब पढ़ेगा, कभी सिर्फ कविता पढ़ता-लिखता रहेगा !"

"एक रोज हमारे हॉस्टल में हो जाय !" एक दाढ़ी वाले लड़के ने कहा।

रमेश की उन पर नजर पड़ चुकी थी। धकियाता हुआ वह प्राण तक पहुँचा और उसे खींचकर बाहर ले आया। प्राण चीखता रह गया, "क्या है···बात क्या है ?"

बाहर आकर रमेश ने कहा, "मँझौल से कोई तुम्हें शादी के लिए देखने आया है।"

"धत् ! क्या देखेंगे ? कहो जाकर बाबूजी से बात करें···और ई कौनो जगह है इ सब के लिए ?" प्राण ने झल्लाकर कहा।

"मेरे मामू को साथ में पकड़ लाया है !" रमेश ने आजिजी से कहा।

"इ कहो न ! चलो।" प्राण कुमार रमेश के साथ बढ़ा।

रामौतार को वह पहचानता था, रमेश के पास अक्सर आता रहता था।

पूरा लॉज उसे मामू ही कहता था। जब बेगूसराय में मँझौल के लिए आखिरी बस छूट जाती तो रात में रामौतार लॉज में ही रहता था।

इसी से सब रामौतार को जानते थे।

"गोड़ लागी (पाँव छूता हूँ) मामू !" प्राण ने मुस्कराते हुए कहा।

"जीओ भगिना (भांजा) !" रामौतार ने प्रसन्न होकर कहा—"पढ़ाई-लिखाई ठीक चल रही है न ?"

"हाँ मामू ! बीच में बुखार लग गया था, अब ठीक है !"

"कैसा बुखार ?" चौंककर रामौतार ने पूछा और पास चले आये

अशोक बाबू की ओर देखा।

"मामूली सर्दी-खाँसी थी, पाँच दिन रही। मदन और रमेश ने देख-भाल कर दिया। बस, ठीक हो गया।"

"मदन बढ़िया गाता है।" रामौतार ने बात आगे बढ़ायी।

"खाली गाता ही है? ऊ कवि है···हिंदी ऑनर्स में पढ़ता है!" प्राण ने जोर दिया।

"ऊ तो सहनी (मल्लाह) है न?" रामौतार जानता था, पर स्वभाव-तया बोल गया।

"मामू, देखिए, ई सब बात मत बोलिए! ब्राह्मण में घटिया आदमी नहीं होता है? अब ई जात-पाँत···सब बेकार की बात है!" प्राण ने तीखी आवाज में कहा।

"ए मामू, मेरे ही लॉज में बखरी का एक भूमिहार लड़का था। उन दिनों लॉज में मेस चलता था, बेचारे पंडिज्जी (रसोइया) का सब पैसा चुराकर चला गया···प्राण बीमार था, पूछिए, मदन ने कितनी सेवा की। जाति की सोचता तो क्या मतलब था, ई प्राण बीमार पड़ा रहता?" मदन ने भी जोर दिया।

"हाँ!" रामौतार ने आवाज खींची, "अब त सोलखन भी फरवड (फॉरवार्ड) हो रहा है!"

"ई सब छोड़िए! बऊआ, क्या नाम है?" अशोक बाबू ने उकताकर पूछा।

"प्राण कुमार।"

"किस इअर में हैं?"

"हिंदी आनर्स फाइनल इअर।"

"ठीक है, जाइए।" अशोक बाबू ने बात खत्म की और टाटासिंह की ओर देखा।

टाटासिंह ने आहिस्ता से स्वीकृति में सिर हिलाया।

सब गेट की तरफ बढ़े। गेट पर रामौतार को बाजार की ओर मुड़ते देखकर रमेश पूछ बैठा।

"चलिएगा नहीं मामू?"

"और भी काम है। घर भी लौटना है, बाद में आयेंगे !···इ त इनके कहने से साथ चला आया कि लड़का हिंदी ऑनर्स में पढ़ता है और आपका भगिना भी हिंदी ऑनर्स में है, जरा साथ चलिए। घर पर सब ठीक है न ?"

"हाँ, सब ठीक है मामू !" रमेश ने कहा।

"अच्छा !" कहकर रामौतार आगे बढ़ा तो प्राण और रमेश ने हाथ जोड़ दिये। वे जैसे ही आगे बढ़े कि पीछे से आवाज आयी :

"रुको, हम भी चलते हैं !"

वह मदन था, खुशी से उफनता, मुस्कराता !

अप्रैल में धुआँधार गरमी पड़ने लगी थी। हरिपरसाद बाबू के घर के बगलवाली सड़क की दूसरी ओर नाले की तरह गढ़ा था जो मिट्टी काटकर सड़क ऊँची करने की वजह से बन गया था। गढ़े में आगे बने कुएँ की वजह से पानी जमा रहता और डोमाटोली के सूअरों को वहाँ पानी में लोटते-खेलते देखा जा सकता था।

बंधू को बथान पर हिदायत देने के बाद लौटते अशोक बाबू की नजर कीचड़ में लोटते उन्मुक्त सूअरों पर पड़ी तो भिनभिना उठे। आधा झुके और ईंट का टुकड़ा उठाकर सूअरों पर निशाना लेकर फेंका। एक को लगा। उसने चुटिया की तरह अपनी पूँछ फटकारी, गों-गों की आवाज निकाली और कीचड़ में लोटने लगा। "ए साले ऐसे थोड़े भागेंगे, कलुआ डोम को हिदायत देनी पड़ेगी···आजकल तो डोम-चमार भी सरकारी ब्राह्मण बने हैं···पर जूते के डर से सब डरते हैं !" मन कैसा-कैसा हो रहा था ! चुपचाप आकर दालान में बिछे पलंग पर लेट गये। छः दिन निपट अकेले रहे अशोक बाबू। पत्नी से भी दिल की बात नहीं कह पाये। कल सब ठीक रहा तो ज्ञान की शादी हो जायेगी। कितना चुप और गंभीर रहना पड़ा उन्हें ! जब मन में उथल-पुथल होती तो रामौतार के पास जा बैठते। सतियारा चौक से पान खा आते। इसी बहाने काम भी करते। अनाज बेचकर पैसा मुट्ठी में कर लिया, दूल्हे के लिए अपनी ही नाप का सिल्क का कुर्त्ता सिलवा लिया, ब्रेसलेट धोती लेकर चंपई रंग में रंगवा लिया। शादी

का मोर-मुकुट खरीदा। सब रामौतार के घर रखा है, लड़का आयेगा, वहीं सब कुछ उसे पहनाकर गाड़ी से दरवाजे पर ले जाया जायेगा। सब ठीक है। पर मन में लगा रहता है कि कहीं कुछ गड़बड़ न हो जाय।

पहली बार ऐसा होगा। सतमहला इस्टेट में शादी होगी और दरवाजे पर कोई बारात नहीं आयेगी, बैंडबाजा नहीं होगा, पटाखे नहीं छूटेंगे। कोई रिश्तेदार नहीं, कोई चहल-पहल नहीं। गाँव का सिर्फ रामौतार रहेगा। लेकिन ई सब तरीके से शादी नहीं होगी तो दस साल में ई नामी सतमहला इस्टेट का धूर-धूर बिकना शुरू हो जायेगा। तब क्या होगा ? बाबूजी सँभाल नहीं पायेंगे, जहर खा लें या साधु हो जायें। पूरा इलाका थू-थू करेगा। इस घर को बचाने का यही एक रास्ता है—बनिया की तरह नफा-नुकसान सोचकर सब करो। चच्चा (टुन्नू बाबू) करते हैं कि नहीं ? उनकी इज्जत क्या कम है ? बाबूजी सोचते हैं, सिर्फ वही इज्जतदार हैं। उनको नहीं पता ज्ञान को लेकर चोरी-छिपे लोग क्या-क्या बोलते हैं। इज्जत पैसे से होती है। पैसा है तो इज्जत बनेगी और बची रहेगी। पैसा नहीं तो सूखी इज्जत लेकर पड़े रहिए, वह बच नहीं पायेगी। बैंक मैनेजर से ट्रैक्टर का लोन लिया जा सकता था लेकिन बाबूजी ने कहा—अब ई उमिर में हाथ पसारने नहीं जायेंगे। वाटरवेज का एस० डी० ओ० लाखों का ठेका दे सकता था। बाबूजी उसको नमस्कार भी नहीं करेंगे, उल्टे उम्मीद करेंगे कि वही आकर सलामी दे। लैंड मोरगेज बैंक, कमर्सियल बैंक से पैसा ले-लेकर चच्चा, इंदू बाबू, लाभो बाबू, तारक बाबू बन गये न बड़े आदमी। साला बनिया बिसेसर पोद्दार तक तीनमहला ठोंक दिया। बाबूजी की सारी इज्जत अपने मन में है। बाहर कोई नहीं पूछता, दुपल्ली टोपी झमकाये रहिए। बाबूजी सबको परजा (प्रजा) समझते हैं। आदमी, पैसे से पहले खानदान देखते हैं। नाव कोठी वाले लड़के में क्या बुराई थी ? बाप कलकत्ता तक घी का कारोबार करता था। बड़ा मकान, दस बीघा गौढ़ा (घर के पास की उपजाऊ) जमीन, अकेला भाई, लाखों रुपये। लड़के का बाप मुँह बाये था, प्रोफेसर लड़का के लिए पढ़ी-लिखी लड़की हरिपरसाद बाबू के खानदान

से आ जाय तो पैसा क्या है, बीस हजार भी दे दें तो इस खानदान की इज्जत बढ़ जायेगी। लेकिन बाबूजी नहीं माने। घी बेचने वाले ग्वाले के यहाँ रिश्ता करेंगे ! पैसा तो रंडी के पास भी होता है, खानदान कहाँ से लायेगा ? सब मेहनत बेकार गयी। यही हेकड़ी इस खानदान की बुराई की जड़ है। अब रामसागर सिंह एम० एल० ए० के बारे में बाबूजी ने कहा—'क्या रहेगा, नया-नया बना है, उसका तो बापे मेरा रैयत था।' चच्चा के लिए सब 'हुजूर' हैं। अपना काम निकलवाते चलते हैं। पैसा से, शराब से, खुशामद से। कभी-न-कभी इस घर की हेकड़ी को तोड़ना होगा। तभी ई घर लाइन पर आयेगा। जो होगा सो देखा जायेगा, ई हेकड़ी इसी बार टूटे। ज्ञान की शादी से ही टूटे। ससुरजी ठीक कहते हैं—पोखर का पानी सड़ गया तो बाँध काटकर पानी निकालना ही पड़ता है। उसी कटे बाँध से नया पानी भी आ जाता है।

चार बज रहा होगा। अशोक बाबू उठे। सब पक्का है, यह देखने रामौतार बेगूसराय गये हैं। उनसे भी मिलना है। सब ठीक रहा तो पंडित-जी को सत्यनारायण पूजा के लिए तैयार रहने के लिए कह देना है। अंदर घुसते ही अशोक बाबू सँभल गये। दुलहिन कोच-कोच कर पूछती हैं, "क्या बात है, काहे गुमसुम रहते हैं ?"

अशोक बाबू टाल जाते हैं, "लड़का-उड़का पता करने में लगा रहता हूँ, इस बार यह शादी करनी ही है।" दुलहिन सोयी थी, दोनों बच्चे उससे चिपटकर सोये थे। अशोक बाबू ने धोती-कुरता बदला, आलमारी में छिपाये रुपये निकालकर जेब में डाले। सुराही से पानी पीकर पनबट्टा खोलकर पान खाया। जर्दा, पीली पत्ती कम हो गयी हैं। सब ले आना है।

दरवाजे से निकलते वक्त ज्ञान पर नजर पड़ गयी। उनींदी ज्ञान अपने कमरे के सामने नल के पास मुँह धो रही थी। भाई पर नजर पड़ते ही ज्ञान सजग हो गयी। अशोक बाबू को उसने नजर उठाकर एक बार देखा। उसकी बड़ी-बड़ी उदास आँखों में ऐसा कुछ था कि अशोक बाबू धक् से रह गये। कल इसकी शादी हो जायेगी। शादी—बिना शान-शौकत की शादी। इतनी भी भीड़ नहीं होगी, जितनी मौत पर होती है। चुपचाप, अचानक सब कुछ हो जायेगा। अशोक बाबू ने निकलते-निकलते सिर्फ

इतना कहा, "दरवाजा बंद कर लेना।"

ज्ञान कुछ नहीं बोली। सब कुछ बंद है। भाभी के आने के बाद घर में सब कुछ तना रहता है। भाभी को तो हँसी-मजाक भी नहीं सुहाता। गोली की तरह दनदनाती रहती है, पान चबाती, सिंगार-पटार में लगी, रिंकू-टिंकू को सँभालती। होटल की तरह खाने के लिए आ जायेंगी। भाभी के आने के बाद मालकिन से नौकरानी बन गयी ज्ञान। सब कुछ बंद। भैया से तो बोल-चाल भी बंद।

रामौतार की दुकान बंद थी। बेगूसराय से लौटा नहीं होगा। रोसड़ा से आकर बस लगी थी। चाय-पान की दुकानों पर यात्रियों की भीड़ थी। दुर्गास्थान के सामने मछली का बाजार सज गया था। मछलियों और सड़े सेंवार (शैवाल) की गंध से पूरा चौक भरा था। मछलियाँ तो काबर झील से आती हैं, ये बेशुमार मक्खियां कहाँ से आती हैं? मछली हाट के सामने की किसी चाय की दुकान पर बैठना मुश्किल। कामरेड की चाय की दुकान खाली नजर आ रही थी। ई कमरेडवा बस के ड्राइवर-खलासी को मुफ्त में चाय थोड़े ही पिलायेगा कि इसकी दुकान के सामने बस लगे और सारे यात्री इसके यहाँ चाय पियें। अशोक बाबू के पाँव कामरेड की दुकान की ओर बढ़ चले। दुकान में फुलेना चाय लेकर कामरेड से बतिया रहा था। छींटदार लुंगी और बुशशर्ट में हीरो की तरह लग रहा था।

"साला," मन-ही-मन अशोक बाबू बोले।

"आइए अशोक बाबू!" फुलेना ने एक तरफ खिसककर सम्मान दिया।

"अभी कलकत्ता गये नहीं?" यूँही पूछ लिया अशोक बाबू ने।

"बटेरन भैया ठीक हो जायें, तब्बे जाऊँगा!"

"एगो चाय दीजिए कामरेड ''ऊ दिन रामौतारजी से क्या झंझट हुआ था?"

"कुछो नहीं," फुलेना ने ग्लास नीचे रखा, "बात का बतंगड़! बटेरन भाई को ऊ सूई लगाते थे। ज्यादा पैसा लेते थे। हम दूसरे से दिलवाने लगे। उसी पर चिढ़कर बोले—तुम्हारे दोनों हाथ लड्डू हैं, बटेरन बच गया तो कमाकर तुम्हारे लिए ही जमा करेगा, मर गया तो

घर-दुआर सब तुम्हारा ! अइसा बात भी कोई बोलता है ? भाई के खातिर ही न इहाँ छूट्टी लेकर पड़े हैं···इसी में बकझक हो गया। बात-बात में शुद्दर ! ई कहाँ की बोली है ? हमको गुस्सा आ गया···कह दिये···ज्यादा बकबक मत करिए, मूँछ उखाड़कर ठूँस देंगे !···बस्स !"

"की हो फुलेना !" रामजी कहार घुसा, अशोक मालिक को देखकर सकपकाया, "गोड़ लागी मालिक !"

"सब ठीक है रामजी सेठ ?" अशोक बाबू ने पूछा और चवन्नी थमाकर उठ गये। बस से उतरते रामौतार को उन्होंने देख लिया था। उसी की ओर लपके।

अशोक बाबू के निकलते ही फुलेना ने रामजी को चुटकी काटी। रामजी चिहुँक गया। कामरेड हँसने लगे।

"रात में चुपका रुपया मालिक को देगा। देते वक्त चार बहाना··· अभी पैसा कहाँ है···पदा देता है···दिन में गोड़ लागी मालिक···देखते हैं !" फुलेना ने रामजी को इशारा कर कहा।

कामरेड हँस पड़े। रामजी ने अंगोछे से चेहरा पोंछा।

"ए फुलेना···इसमें बड़ा मजा आता है···पैसा का खेल···इ सबसे नशीला जहर···कबीरदास भी कहिन हैं···" रामजी की बात बीच में ही रह गयी।

"अब रहे दो कबीरदास को···धर्म अ पैसा दोनों साथ कैसे चलता है, हम जानते हैं !" कामरेड ने व्यंग्य से कहा।

"इ घाव आप क्या समझिएगा ?" बुखार में पड़े हमरे बाप को पालकी उठाने के लिए मार-मारकर अधमरा कर दिया इहे हरिपरसाद का खानदान ! हम पैसा का कोड़ा मारते हैं···पेट काटकर, मिहनत कर, जमा किया है पैसा···जमाना गुड़हरदी, हम कपड़ा का फेरी, गाय-गोरू करके जमा किया है पैसा···इ ससुरों का धूर-धूर खरीद लूँगा···तभी ये चैन पड़ेगा···कबीरदास कहिन हैं···" रामजी भड़क उठा।

"फिर कबीरदास !" कामरेड ने टोका।

फुलेना और कामरेड हँसने लगे। रामजी भी हँसने लगा।

दुर्गास्थान वाली गली के मोड़ पर रामौतार और अशोक बाबू बातें

कर रहे थे।

"आप चुपचाप तैयारी में लग जाइए…लड़की का कपड़ा-लत्ता… दस आदमी का बढ़िया खाना-पीना…मौर-मिठाई सब कल दुकान से ले लीजिए। ऑडर आज दे दीजिए…टाटासिंह ने दो दिन वाच किया, प्राण-कुमार कब आता जाता है। शाम में कॉलेज से लौटकर, नहाकर, बाजार घूमने जाता है। बुढ़िया की चाय की दुकान पर चाय पीकर स्टेशन के बुक स्टाल पर पत्रिकाएँ पढ़ने आता है।…एकदम पक्का…कल नौ बजे रात तक मेरे घर पर लड़के को लेकर गाड़ी से टाटासिंह आ जायेगा। दस बजे हम आपके यहाँ लायेंगे…दूल्हा को सजा-सुजाकर। हरिपरसाद बाबू नहीं आये होंगे?" रामौतार जल्दी-जल्दी बोल रहा था।

"बाबूजी नहीं आये हैं। तीन दिन के बाद आयेंगे।" आश्वस्त होकर अशोक बाबू ने कहा।

"ठीक है! कल दिन भर हम लोग नहीं मिलेंगे…एक ही बार रात दस बजे…चलते हैं। जरा नहा धोकर…फिर दुकान भी खोलना है।" रामौतार की साइकिल आगे बढ़ गयी।

अशोक बाबू मछलीहाट पार कर मुख्य बाजार की ओर बढ़ गये जहाँ हलवाई और कपड़े की दुकानें थीं।

रात में खाना खाकर बिस्तर पर लेटे थे कि दुलहिन आ गयी। टेबल पर पड़े साड़ी के पैकेट को देखकर चौंक पड़ी।

"काहे साड़ी ले आये?"

"दरवाजा बंद कर दो, तब बताऊँगा!" मुस्कराकर अशोक बाबू ने कहा।

"बड़े आये बताने वाले! हरदम एक ही बात!" मादकता से दुलहिन मुस्करायी और दरवाजा बंद कर दिया। बगल वाले पलंग पर सोये बच्चों पर एक नजर डाली। टेबल पर पड़े ट्रे में से एक इलायची अशोक बाबू के हाथ पर रखकर पायताने बैठ गयी।

"कल ज्ञान की शादी होगी। साड़ी उसके लिए और तुम्हारे लिए भी है!" गंभीर आवाज में अशोक बाबू ने भेद खोला।

आश्चर्य से दुलहिन की आँखें फटी रह गयीं। दुलहिन के भरे मुँह पर

अविश्वास की गहरी छाया थी। कमरे में जैसे बिजली चली गयी हो। आशंका, भय, अविश्वास घुल-मिलकर मौन में बदल गये।

"कल लड़का दस बजे रात में आ जायेगा। तुम जौनावाली को बुलवा लेना, मुहल्ले में वही खबर कर देगी। पंडिज्जी को सत्यनारायण पूजा के लिए कह आया हूँ। पूजा होती रहेगी लड़का आयेगा, उसी जगह शादी हो जायेगी।" अशोक बाबू ने ही पहल की।

दुलहिन के मुँह से फूटा, "पकड़ौआ लड़का ?"

"हाँ ! घर-बार देख आया हूँ। अकेला है। जमीन-जायदाद है सिमरिया का है !" अशोक बाबू को लगा, पूरी बात नहीं कहनी चाहिए थी। रुककर बोले, "तुम्हें हमारी, रिंकू-टिंकू की कसम ! शादी के पहले यह सब किसी को नहीं बताओगी। सिर्फ सत्यनारायण की पूजा के लिए जौनावाली से सबको हंकार (आमंत्रण) भिजवा दोगी। पूजा के लिए केला, दूध, सबका इंतजाम कर आया हूँ, कल पूजा का सामान ले आऊँगा।··· एक बात और··· ज्ञान से बोल-चाल शुरू करो।" आखिर तक आते-आते उनकी आवाज तनिक सख्त हो गयी।

"लेकिन बाबूजी ? दादी ?···ज्ञान बबुनी मानेंगी ?" दुलहिन ने आशंका प्रकट की।

"बाबूजी तीन दिन बाद आयेंगे। दादी तो हमेशा बिस्तर पर पड़ी रहती है। वो तो कब से चाहती है कि शादी हो जाय···। ज्ञान क्या बोलेगी ?"

"कम-से-कम विभा बबुनी को ले आते।"

"अकेला मैं यह सब इंतजाम देखूँगा कि विभा को लाने जाऊँगा ?"

"मुझे तो बड़ा डर लगता है !" दुलहिन ने पास सरकते हुए कहा।

"देखो," दुलहिन का हाथ अपने हाथ में लेते हुए अशोक ने कहा, "यह सिर्फ हिम्मत का काम है···तुम तो पढ़ी-लिखी हो···हमें अंत तक हिम्मत बनाये रखना होगा···सब काम हो जायेगा।"

"तुम कहते हो तो भरोसा हो जाता है, पर अकेले में घबरा जाती हूँ।"

अशोक बाबू ने बाँह बढ़ाकर दुलहिन को अपने में समेट लिया।

"तुम्हें अकेली छोड़ना कौन चाहता है !" अशोक बाबू बुदबुदाये।

छोटी दुलहिन कसमसायी। लेकिन सब बेकार।

11

कॉलेज के पश्चिम वाले तिराहे पर तीन बजे गाड़ी आकर रुकी। कार के रुकते ही ड्राइवर टाटासिंह ने गाड़ी का बोनट खोल दिया। अंदर बैंठे लंबे साँवले नौजवान ने पूछा, "क्या हुआ ड्राइवर साहेब ?"

"लगता है, करेंट ठीक से नहीं आता है या तेल छोड़ देती है। रास्ते में कभी फेल नहीं होती है ई गाड़ी···देखते हैं।" टाटासिंह इंजन पर झुककर बैटरी कनेक्शन को हिलाने-डुलाने लगा।

फिर पिलास-स्पैनर लेकर कोशिश करने लगा।

कार में बैंठे तीनों नौजवान उकताये बार-बार बाहर देख रहे थे। धीरे-धीरे रिक्शों की लाइन लग गयी। रिक्शा चालक चीख रहे थे। "गाड़ी खराब है तो किनारे कर लीजिए हुजूर।"

टाटासिंह ने शान से रिक्शावालों की तरफ देखा। काफी लंबी कतार देखकर उसने गाड़ी की बोनेट को बंद कर दिया और ड्राइविंग सीट पर आकर बैठ गया। पीछे की सीट की ओर गर्दन मोड़ते हुए उसने नौजवानों को देखा।

"गाड़ी को ठेलकर दक्खिन वाली सड़क के किनारे लगा दो !"

तीनों नौजवान बाहर निकले और गाड़ी को धकेलना शुरू किया। टाटासिंह ने गाड़ी बायीं तरफ मोड़कर सीधा जाने दिया और तिराहे से आगे रोक दिया।

गाड़ी से उतरकर टाटासिंह ने नौजवानों से कहा, "सामने बुढ़िया की चाय की दुकान में चाय-पानी करो। मैं गाड़ी बनाने का डरामा करता हूँ !"

तीनों नौजवान बुढ़िया की दुकान में घुसे। बेंच पर बैंठते ही चाय बनाने के लिए कहा।

"अच्छा बाबू !" कहकर बुढ़िया चाय बनाने लगी।

एक ने सिगरेट की डिबिया निकाली और बाकी दोनों की ओर सिगरेट बढ़ा दी। तीनों ने सिगरेट सुलगा ली।

"लड़का लोग तो जा रहा है !" पहले ने कहा।

"ऐसे ही जा रहा होगा। छुट्टी चार-पाँच बजे होगी," दूसरे ने कहा।

"ए, चाय बन गयी, टाटासिंह को भी बुलवा लेते हैं," तीसरे ने कहा।

"हाँ-हाँ, बुलवा लेते हैं !···आइए, चाय पीजिए," तीसरा जोर से चिल्लाया।

टाटासिंह झोंपड़ी में आकर बैठ गया। कालिख-ग्रीज लगे हाथों से ही उसने ग्लास उठा लिया।

"लड़का लोग तो जा रहा है।" पहले ने कहा।

"अब छुट्टी का टैम है···चाय पीकर मैं पान की दुकान पर खड़ा रहूँगा। जैसे ही वह गुजरेगा कि मैं बोलूँगा—चलिये, गाड़ी स्टार्ट करनी है। मैं उसके पीछे लग जाऊँगा···तुम लोग पहचान लेना। वो सामने लॉज है। चार नंबर वाले कमरे में रहता है···गाड़ी तक जाकर स्टीयरिंग पर मैं बैठूंगा, तुम लोग धक्का देना, स्टार्ट कर अगले मोड़ तक जाऊँगा। फिर लॉज से आगे बढ़ाकर रोक दूंगा···फिर ठीक करने का ड्रामा। जैसे ही वह गाड़ी के पास से गुजरेगा, तुम लोग दबोचकर गाड़ी में डाल देना···" टाटासिंह बोल ही रहा था कि लड़के-लड़कियों का एक झुंड गुजरा।

टाटासिंह लपककर पान की दुकान पर चला गया। गौर से आते हुए लड़के-लड़कियों को देखता रहा। लड़कों की तरफ देखते हुए ही उसने हाथ बढ़ाकर पान ले लिया और मुँह में डालकर चबाने लगा। एक झुंड बरौनी लॉज की तरफ वाली सड़क पर बढ़ा तो टाटासिंह चौकन्ना हो गया। प्राण कुमार दिख गया।

अंदाज से गति ऐसी रखी टाटासिंह ने कि प्राण कुमार के ठीक पीछे चले। "साहेब चलिए, गाड़ी स्टार्ट करते हैं !" जोर से टाटासिंह चिल्लाया और बढ़ता गया।

तीनों नौजवान उसके पीछे चले।

प्राण कुमार, मदन सहनी और एक लड़का आगे-आगे। प्राण कुमार के

पीछे टाटासिंह। और टाटासिंह के पीछे तफरीह की मुद्रा में तीनों नौजवान। गाड़ी के पास टाटासिंह रुका। तीनों रुक गये।

"पहचान लिया न? ब्लू पैंट और सफेद कमीज वाला लड़का। सबसे पूरब है···"

तीनों ने हामी भरी।

"अब गाड़ी को धक्का दो!" टाटासिंह स्टीयरिंग पर बैठ गया। तीनों गाड़ी ठेलने लगे। लॉज के थोड़ा पहले ही टाटासिंह ने गाड़ी स्टार्ट कर दी और दौड़ाता अगले मोड़ तक गया। तब तीनों लॉज के पास पहुँचे। टाटासिंह उधर से लौटा तो गाड़ी बंद हालत में सिर्फ दौड़ती चली आ रही थी। तीनों के पास आकर रुक गयी।

"साली! परेशान कर दिया है···लगता है, कारबुरेटर में गड़बड़ी है—स्टार्ट होकर बंद हो जाती है···" गाड़ी से औजार लेकर उतर गया।

तीनों ने सिगरेट सुलगा ली।

टाटासिंह ठीक करने के नाटक में जुटा रहा।

उन तीनों ने देखा, चार नंबर कमरे से सफेद शर्ट और नीली पैंट में एक लड़का हाथ में कुछ कपड़े लिये चला आ रहा है।

"ओस्ताद, आ रहा है! चार नंबर से···। सफेद शर्ट, ब्लू पैंट।"

"गाड़ी का दरवाजा खोल लो। बगल से गुजरे तो उठा लो। मैं गाड़ी स्टार्ट करता हूँ।"

टाटासिंह ने बोनट बंद किया और पक्के ड्राइवर की तरह बिना इधर-उधर देखे सीट पर बैठकर स्टार्ट करने लगा।

नीली पैंट वाले लड़के ने जिज्ञासावश तीनों को देखा।

"भाई साहब, सुनिए!" पहले ने कहा।

लड़का नजदीक आया। तीसरे ने झपटकर उसका मुँह कसकर बंद किया और गाड़ी के अंदर ठेलने लगा। दूसरे ने एक-दो थप्पड़ लड़के को लगाया। लड़का गिरने को हुआ कि तीसरे और दूसरे ने गाड़ी के अंदर ठेल दिया। पहला गाड़ी के दायें दरवाजे को खोलकर भीतर घुसा। टाटासिंह ने लाल अंगोछे से चेहरे को थोड़ा ढँका और पछा:

"दरवाजा बंद ?"

"हाँ !" पहले ने कहा।

गाड़ी झटके से आगे बढ़ गयी।

"साले के मुँह में कपड़ा दे दो। मुँह ढँक दो और नीचे दबाये रहो। रुकने पर कोई पूछे तो कहना—इसको मिर्गी आती है," टाटासिंह ने निर्देश दिया।

हरहर महादेव चौक पर गाड़ी दाहिने मुड़कर हाइवे पर आ गयी। पुबारी रेलवे गुमटी खुली थी। दनदनाती गाड़ी वेगूसराय-मँझौल सड़क पर आ गयी।

शाम होने को थी। सूर्य की किरणें मुलायम हो गयी थीं। सड़क की दोनों तरफ फैले खेतों में गेहूँ, अरहर की फसलें लहरा रही थीं। मोहनपुर पुल के स्पीड ब्रेकर पर लड़के को होश आया। उसकी कराह सुनकर टाटासिंह ने चुटकी ली :

"बेटा, सब तेरे फायदे के लिए···रात में माल मारना !"

तीनों हँसने लगे।

"ओस्ताद ! विश्वकर्मा की जरूरत भी नहीं पड़ी !" पहला बोला।

"हम पर विश्वकर्मा सदा सहाय रहे हैं," टाटासिंह ने गर्व से कहा।

लड़का फिर गड़गड़ाया।

"चिहुँक मारता है साला !" दूसरे ने कहा।

"एक बार विश्वकर्मा देख लेगा, बस नानी मर जायेगी।" पहले ने कहा। गाड़ी तूफान की तरह भागती रही। कोरिया हवदपुर। सिऊरी पुल। गंडक पार। सिऊरी गाँव। मँझौल कोठी। मोइन। सतियारा चौक, मँझौल।

"घर मालूम है, ओस्ताद ?" पहले ने पूछा।

"चुप ! सब मालूम है।" टाटासिंह ने डाँटा।

गाड़ी रामौतार कंपाउंडर की दुकान के सामने से गुजरी। दुकान बंद थी। टाटासिंह गाड़ी आगे बढ़ाता गया। पुस्तकालय चौक से गाड़ी बायें मोड़कर बीच गाँव में घुसी। उभड़-खाभड़ सड़क पर उछलती गाड़ी हरिपरसाद बाबू के घर के बगल से निकली और सीधा रामौतार के अहाते

में जाकर रुक गयी।

आरामकुर्सी पर बैठा रामौतार उठ खड़ा हुआ। सूरज डूब चुका था। आसपास के घरों में बत्ती जलनी शुरू हो गयी थी। मटमैली रोशनी में टाटासिंह पहले गाड़ी से निकला।

"परनाम, कंपाउंडर साहेब !"

"परनाम-परनाम। सब ठीक है न सिंहजी ?" रामौतार मुस्कराया।

"एकदम फस्सक्लास !"

"मैं जरा इधर-उधर देखता हूँ ! आप कोने वाली कोठरी में चले जाइए। ऊ दवाखाना है। बिछौना वगैरह सब है। होशियारी से। लोग समझें कि रोगी आया है···मैं गेट पर रहता हूँ।"

गेट में रामौतार खड़ा रहा। चौकन्ना। टाटासिंह तीनों नौजवानों सहित लड़के को सहारा देकर रोगी की तरह दवाखाने में लेकर घुस गया, जहाँ एकदम अँधेरा था और दवाइयों की गंध आ रही थी।

टाटासिंह ने गाड़ी को दीवार की आड़ में खड़ा कर दिया। रामौतार से कसकर हाथ मिलाया और दरवाजे की ओर चला गया। खाने-पीने का इंतजाम करने के बाद रामौतार ने अपने लड़के को अशोक बाबू के पास भेज दिया। लड़का साइकिल भगाता निकल गया — अशोक बाबू से अकेले में बुलाकर कहने कि लड़का आ गया है।

दालान से लगे अंदर वाले कमरे में रामौतार, टाटासिंह और पहला बैठे थे। दूसरा और तीसरा लड़के के पास दवाखाने में थे। तीनों के सामने चौकी पर ग्लास में शराब भरी थी, रामौतार अपनी बीड़ी फूंक रहा था।

"ई क्या ? लीजिए, सिगरेट पीजिए।," पहले ने कहा।

"इनका सब दिन का आदत है ! सुट्टा पर सुट्टा···इस्टेंडर से इनको मतलब नहीं, पर हाथ डॉक्टर से भी बढ़िया ! इह ऐसन हाथ कि··· रमचंदरा का गोली चट से निकालकर फेंक दिया···बड़का डॉक्टर भी फेल !"

टाटासिंह ने ग्लास उठाया और गटाक् से पी गया।

"इहाँ कोई आयेगा त नहीं ?" पहला बोला।

"आदमी तो छोटा है, पर रुतबा बड़ा है ! ई लड़का, टाटासिंह,

जानते हो, गाँव के सबसे बड़े आदमी···बड़े आदमी हरिपरसाद बाबू के लिए आया है···तेल लगाते हैं सब बड़का···पेट गिराने से लेकर लड़का उठाने तक !" रामौतार चहका।

"ओस्ताद, कब तक रहना पड़ेगा ?"

"साले पी, लड़के को पहुँचा देंगे। शादी हो जायेगी तो हम लोग चल देंगे।"

"कंपाउंडर साहेब, लड़कवा को भी कुछ खिला-पिला देते। अब त दमाद बनेगा ही !" टाटासिंह ने याद दिलाया।

"अभी आठ ही बजे हैं। पहले खिलाओ-पिलाओ तो नखरा करेगा··· नौ बजे कुछ खिला देंगे···कपड़ा, मोर-मुकुट, पहनाकर सीधे वहीं ले जायेंगे।" रामौतार ने सोचते हुए कहा।

"ए !" टाटासिंह ने पहले को टोका, "तुम जाकर उन दोनों को भेजो। तुम वहीं रहना। ऊ लोग भी खा-पी ले।"

पहला उठा और चला गया।

रामौतार को चढ़ने लगी थी। टाटासिंह को भी नशा महसूस होने लगा था। दूसरा भी पीकर चला गया था। तीसरा उनके साथ बैठा पी रहा था। रात संगीन होने लगी थी। बाहर एकदम अंधकार था। दवाखाने से भी रोशनी बाहर नहीं झाँक रही थी। टाटासिंह और रामौतार काफी विलायती चढ़ा चुके थे।

तीसरे ने टोका, "ओस्ताद !"

"क्या है ?" मस्त टाटासिंह ने मनचले अंदाज से पूछा।

"अब बस करिए। अभी और काम भी है !" तीसरे ने राय दी।

"कंपाउं···डर साहेब···अपना काम फतह ! दो हजार का नोट खड़ा। ···अब लड़की वाला अपना शादी का इंतजाम करें।···उहाँ चलकर गाड़ी-भाड़ा दिलवाइए···दिनभर का···लगन का टैम है···रिस्की काम··· आठ सौ लगेगा, कम नहीं होगा !" लड़खड़ाती जुबान से टाटासिंह बोला।

"सब हो जायगा···कभी आपको कम दिया है···बोलिए कौनो झंझट हुआ ? हम लोगों ने बहुतों का कल्यान किया।" रामौतार ने तसल्ली दी।

"ओस्ताद, अब चलिए, दस बजता होगा !" तीसरे ने कहा ।

"एक मिनट," कहकर रामौतार उठ गया । अंदर जाकर थाली में मिठाई ले आया । कंधे पर कुर्ता-धोती । दूसरे हाथ में मोर-मुकुट, "ई आप लोग ले जाकर खिला-पिला दीजिए···कपड़ा पहनवा दीजिएगा । मोर-मुकुट माथे पर रखकर गाड़ी में ले आइयेगा···" रामौतार ने ताईद करना शुरू किया ।

बीच में ही टाटासिंह ने टोका, "आप भी चलिए ।"

'इह, साला हमको पहचान लेगा । उसी लॉज में मेरा भगिना रहता है । ई ठीक नहीं होगा । आप लोग उसको लेकर वहाँ आइए । हम वहीं मिलेंगे ।" रामौतार ने समझाया ।

"हाँ, ई ठीक है ! चलो ।" टाटासिंह ने तीसरे को इशारा किया ।

तीसरे ने सामान उठाया और टाटासिंह के पीछे-पीछे दवाखाने की ओर बढ़ा ।

रामौतार ने दालान के नीचे पड़ी साइकिल उठायी और सर्र से निकल गया । लेकिन साइकिल हरिपरसाद बाबू की हवेली की तरफ जाने के बजाय बाजार की तरफ मुड़ी । वहाँ जाकर वह पान खाना चाहता था, ताकि मुँह से निकलती शराब की बदबू को ढँक सके ।

दवाखाने की खिड़की बंद थी । परदा झूल रहा था । कमरे में छोटा बल्ब जल रहा था । बीमारों के लिए रखी चौकी पर लड़का लेटा था । मुँह ढँका था । मुँह में कपड़ा वैसे ठूँसा हुआ था । पहला और दूसरा दो स्टूलों पर बैठे सिगरेट पी रहे थे । दोनों नशे में कुछ-कुछ उनींदे लग रहे थे ।

"खोल दो !" टाटासिंह ने घुसते ही कहा । लाल अँगोछे से उसने अपना आधा चेहरा ढँक रखा था ।

दूसरे ने उसके मुँह में ठूँसा कपड़ा बाहर निकाला । पहले ने आँख पर बँधा कपड़ा खोल दिया । पलकों पर रोशनी महसूस होते ही लड़के ने आँखें खोलीं । चार मुस्टंडों को देखकर चीख आते-आते रुक गयी । उसने होंठों पर जुबान फेरी और रूमाल से बँधे हाथों को उठाने की कोशिश की । तीसरे ने लपककर रूमाल खोल लिया ।

'निकालो !" टाटासिंह ने तीसरे से कहा ।

"क्या ?" तीसरे ने पूछा।

"विश्वकर्मा !"

तीनों ने अपनी-अपनी पिस्तौलें निकाल लीं।

"अब खिलाओ पहनाओ···मैं गाड़ी देखता हूँ !" झूमता हुआ टाटा सिंह बाहर निकला और गाड़ी में जाकर चाभी घुमाने की कोशिश करने लगा।

नशे में गाड़ी की ताली का छेद भी उसे दिखायी नहीं पड़ा। वह थक-कर स्टीयरिंग के सहारे सुस्ताने लगा।

लड़का उठकर बैठ गया था।

"आप लोग क्यों लाये हैं मुझे ? मैंने आपका क्या बिगाड़ा है ?" लड़के का गला खुश्क था।

"कुछ नहीं ! यह देखते हो !" तीसरे ने पिस्तौल की ओर इशारा किया, "जो कहते हैं, चुपचाप करते जाओगे तो कुछ नहीं। नहीं तो गाँड़ में गोली ठूँस दूँगा।"

"क्या चाहते हैं आप लोग ?" डरे हुए लड़के ने धीमे से पूछा।

"तुमको शादी करनी है ! बस !" पहले ने कहा।

"इसमें घबराने की बात नहीं, शादी होगी, फाँसी नहीं···लो, खाओ !" दूसरे ने सख्ती से कहा।

"भूख नहीं है···" हाथ जोड़कर उसने कहा, "मुझे जाने दीजिए··· यह सब नहीं होगा।"

"कहते हैं खाओ···! साला नखड़ा कर रहा है···खाओ जल्दी !" पहले ने डाँटा और उँगली से थाली की ओर इशारा किया।

तीसरे को गुस्सा आ गया।

"खाता है कि नहीं ?···यहाँ तेरा बाप भी नहीं आयेगा। जल्दी कर। कपड़ा भी पहनना है।"

लड़के ने हाथ बढ़ाकर कपड़ा उठाया। एक पल थमा, फिर डबडबायी आँखों से उसने तीसरे को देखा।

"आप लोगों को गलतफहमी हो गयी है···हम लोगों की जात में यह सब नहीं होता है !"

"चोप्प साला ! हमको सिखाता है ! जल्दी कपड़े पहन।" तीसरा गरजा। पहला लड़के को मारने लपका। दूसरे ने रोक लिया। "पहन लेगा ! छोड़ दो।"

जैसे घड़ी की सुइयाँ थम गयी हों। जैसे कोई धीमी गति की फिल्म चल रही हो। आतंक गिद्ध की तरह चुपचाप कमरे में मँडरा रहा था। लड़के ने धीरे-धीरे कपड़े पहने। अपनी शर्ट-पैंट को तह लगाकर रखने लगा···

"रहने दो इसे ! पानी लो, हाथ-मुँह धोओ ! जल्दी।" दूसरे ने लड़के को सलाह दी।

हाथ-मुँह धोकर लड़के ने ऐसे कातर होकर देखा, जैसे कोई बकरा कसाई को देखता है। वह चुपचाप खड़ा रहा मानो इंतजार कर रहा हो कि अब क्या हुकुम है।

"बबुआ, शादी में खाने को कौन पूछेगा ? खा लो !" दूसरे ने लड़के को राय दी।

लड़का चौकी पर बैठ गया। आहिस्ते से उसने मिठाई उठायी, मुँह तक ले गया कि गला रुँध आया और आँखों से आँसू बहने लगे। हाथ रुक गया।

"औरत की तरह रो मत, मरद बन ! शादी में लड़की रोती है। चल, खा !" पहले ने रौब जमाया।

"क्यों डाँटता है बेचारे को ! सीधा लड़का है !" दूसरे ने पहले को डाँटा।

लड़का उठ खड़ा हुआ। उसकी टाँगें थरथरा रही थीं। चेहरे पर हवाइयाँ उड़ रही थीं। चेहरा सूखे फूल की तरह मुरझा गया था। साँवला रंग और गहरा हो गया था।

"असली चीज पहनाओ !" दूसरे ने मुकुट की ओर इशारा किया।

तीसरा आगे बढ़ा और अंगोछे में लिपटे मुकुट (सेहरे) को उठाया। पर उसके दोनों हाथ फँसे थे। दूसरे ने सँभालकर अंगोछा हटाया। तीसरे ने मुकुट को थोड़ा और आगे बढ़ाया।

"लो, पहनो !"

लड़के को जैसे पंख लग गये हों। वह एक झपाटे से बाहर भागा। पहला धक्के से कोने में गिर पड़ा। तीसरा सँभल गया। दूसरे ने लपककर उसकी कमर पकड़ ली। खींचकर उसे पीछे लाया और गुस्से में एक धक्का दिया। लड़का धम्म से चौकी पर जा गिरा।

"बेवकूफ! मारा जायेगा!" दूसरे ने अफसोस भरे स्वर में डाँटा।

पहला उठ गया था। तीसरे को परे हटाता आगे आया और लपककर लड़के को एक झन्नाटेदार थप्पड़ जड़ दिया।

दूसरे ने रिवाल्वर निकाल ली थी। लड़के की ओर रिवाल्वर करते हुए उसने कहा, "इसे देखते हो, एक गोली काफी है! तुम कहाँ हो, तुम्हें पता भी नहीं। मारकर फेंक दूँगा, समझे!···चलो इसके सिर पर मुकुट डालो।"

तीसरे ने मुकुट उसकी तरफ बढ़ाया कि लड़का फूट-फूटकर रोने लगा।

"मैंने क्या बिगाड़ा है? मुझे शादी नहीं करनी·· मुझे छोड़ दीजिए··· मुझे···!" लड़के की बातें आँसुओं में डूब गयीं।

उसके सिर पर मुकुट रखा जा चुका था। आँसुओं से तर चेहरा मुकुट की झालरों से ढंक गया था। कुछ पता नहीं चलता था--न हर्ष, न विषाद। जरीदार कागज की चमक में सब गुम था। दूसरे ने दोनों मुस्टंडों को आदेश दिया।

यह शादी के समय भी गड़बड़ करेगा। तुम दोनों पिस्तौल के साथ इसके पीछे बैठे रहना। जरा भी गड़बड़ करे, बेहिचक गोली मार देना। साला जब शादी ही नहीं करेगा तो जिंदा रहकर क्या करेगा?"

"दो-चार हाथ लगाने से ही ठीक हो जायेगा!" पहले ने कहा।

"चलो!" दूसरे ने कहा।

पहले और तीसरे ने लड़के को बाँह पकड़कर उठा लिया। दूसरे ने लड़के का कपड़ा उठा लिया। बत्ती बुझाकर अंगोछे में उन कपड़ों को लपेटता, दरवाजे की साँकल चढ़ाकर बाहर आ गया। लड़के को गाड़ी के पास लाने पर उन लोगों ने देखा कि टाटासिंह सो गया है। दूसरे ने टाटा-सिंह को झकझोरा।

"ए टाटा दा ! उठिए···चलना है···गाड़ी में बैठो।" उसने पीछे मुड़कर कहा। गाड़ी में बैठने के बाद, दरवाजा बंद करने की आवाज से टाटासिंह चौकन्ना हो गया। स्टैंड लाइट को हाथ पीछे करके जला दिया।

"सब कुछ हो गया ?" टाटासिंह ने पूछा।

"हाँ, चलिए।" दूसरे ने कहा।

"जय विश्वकर्मा !" कहकर टाटासिंह ने चाभी घुमा दी।

गाड़ी को आगे ले जाकर उसने बैक किया, फिर मोड़कर गाड़ी गेट से बाहर निकाल सड़क पर ले आया। गाड़ी हरिपरसाद बाबू के घर की ओर बढ़ने लगी।

12

हरिपरसाद बाबू के दरवाजे पर काफी रोशनी थी। बैठकखाने की पुरानी कुर्सियाँ दालान में लग गयी थीं। लोग प्रसाद खाते, चरणामृत पीते और ग्लास बंधू के पास रख देते। बंधू पानी देता। पानी पीकर लोग रुखसत हो जाते। पाँच आदमी रह गये। ग्यारह बजने वाले थे। अशोक बाबू बार-बार घड़ी देखते। अंदर जाते या दालान में बेचैनी से टहलने लगते। दालान में आखिरकार सिर्फ गूँगा-बहरा बंधू रह गया था। उसने हाथ नचाकर इशारे से पूछा—अब क्या करूँ? अशोक बाबू ने हाथ के इशारे से रुकने के लिए कहा। फिर खुद अंदर आँगन में चले गये। पंडित जी अपनी कमाई समेट कर भोजन कर रहे थे। चौकी पर बैठी ज्ञान पंडितजी के भोजन पर नजर रखे थी कि कुछ जरूरत पड़े तो तुरंत ला देगी। जौनावाली जूठे ग्लास धो रही थी। जूड़े को सँभालती दुलहिन अपने कमरे से निकलने को थी कि सामने अशोक बाबू पड़ गये। दुलहिन बगल हो गयी। अशोक बाबू अंदर चले गये।

"क्या हुआ ?" दुलहिन ने घुसते ही पूछा।

"अभी तक नहीं आया है···तुमने किसी को बताया तो नहीं ?"

"आपने ही तो कसम दी थी···।"

अचानक गाड़ी का हॉर्न सुनायी पड़ा। अशोक बाबू चौंक पड़े।

"आ गये !" कहते हुए अशोक बाबू दालान की तरफ लपके।

टाटासिंह दालान में आते अशोक बाबू को देखकर मुस्कराया।

"परनाम अशोक बाबू ! दूल्हा आ गये !...अब फटाफट कीजिए !"

"रामौतार जी कहाँ हैं ?" अशोक बाबू ने पूछा।

"ऊ नहीं आये...थोड़ी देर पहले निकले साइकिल से...पान-बीड़ी के फेर में गये होंगे चौक पर !...परिछन करवाइए।"

उद्विग्न अशोक बाबू अंदर भागे। कमरे में ले जाकर दुलहिन को समझाया। जौनावाली को आवाज देकर बुलाया।

"ए जौनावाली, ज्ञान की शादी अभी होगी। लड़का अपने से आ गया है...तुम जरा हंकार दे आओ अगल-बगल में...बात चल रही थी, हम सोचे भी नहीं थे कि लड़का अपने से आ जायेगा...जाओ, जल्दी से जाओ, तुम विधि-व्यवहार शुरू करो।" अशोक बाबू का अपराध-बोध झाँकने लगा था।

"परिछन अकेले ?" दुलहिन ने शंका प्रकट की।

"हाँ ! ग्यारह बजता है ! एक दम शार्टकट से करो। धीरे-धीरे सुआसिनें (सुहागिनें) आ जायेंगी !"

"ज्ञान से कहना पड़ेगा ?" दुलहिन ने फिर अशोक बाबू को घेरा।

"चलो ! तुम नहीं तो मैं ही कह देता हूँ !" चल पड़े अशोक बाबू। ज्ञान आँगन में चौकी पर बैठी थी। पंडितजी नल पर हाथ धो रहे थे। पंडितजी जैसे पलटे कि अशोक बाबू को सूझ गया।

"पंडितजी ! अभी जाइएगा नहीं ! अभी ज्ञान की शादी भी करानी होगी। लड़का दरवाजे पर आ गया है। देखिए संयोग !" हँसे अशोक बाबू।

"अभी ?...विधाता का लेख...लड़का दरवाजे पर ! यजमान, आज लगन भी बहुत शुभ है !" पंडितजी अंगोछे से हाथ पोंछने लगे। ज्ञान धीरे से अपने कमरे में चली गयी। दादी के कमरे में जा नहीं सकती थी, अशोक बाबू वहीं खड़े थे।

अशोक बाबू दादी के कमरे में घुसे।

"परसाद लिया दादी ?"

"के ? अशोक ?" दादी चौंककर बोली।

"देखो पूजा का चमत्कार ! एक लड़का देख के आये थे। बाप बहुत पैसा माँगता था···सिमरिया का है···लड़का आदर्शवादी है। अपनी गाड़ी से शादी करने चला आया।···बाबूजी भी नहीं हैं···अभी शादी होगी··· सब तोहर आशीर्वाद दादी !" अशोक बाबू ने दादी के पाँव छुए।

"ई जमाना में ऐसन ? लड़का कहाँ है ?" आश्चर्य से दादी ने पूछा।

"दालान में ? अपना नया कपड़ा-लत्ता खुद पहनकर आया है··· ज्ञान का भाग।"

"दुलहिन को बुलाओ···जाके जल्दी से ज्ञान को अपनी वाली नयी साड़ी निकाल कर दें। जौनावाली को सुआसिन सबको बुलाने भेजो··· हे भगवान ई कलियुग में आश्चर्य ! जा बबुआ···जल्दी कर···हम तो किसी लायक नहीं हैं···।" दादी की आँखों से आँसू बहने लगे। अशोक बाबू दुलहिन के कमरे की तरफ बढ़े। दुलहिन के हाथ में नयी साड़ी थी।

"जाकर जल्दी से ज्ञान को तैयार कराओ !"

"आम-महुआ बियाह होगा कि नहीं ?"

"आम-महुआ-बियाहने से क्या होता है ? बियाह होना चाहिए···," फिर आवाज धीमी पड़ गयी, "पकड़ौआ बियाह में लोग विधि देखते हैं ? बस जल्दी करो।"

पंडितजी ने पूछ लिया, "यजमान, विधि-व्यवहार का सब सामान तो होबे करेगा ?"

"सब घर में है, पंडितजी। बस जल्दीबाजी में करा दीजिए···जो दक्षिणा कहिएगा दे दूँगा।" अशोक बाबू भागे दालान की तरफ।

कमरे में ज्ञान सूनी आँखों से एकमात्र खिड़की की तरफ देख रही थी। आँखों में आँसू थे और हृदय फटा जा रहा था। अंदर एक ज्वार कुलाँचे मार रहा था। दर्द का ज्वार जैसे कोई लगातार हृदय को छेद रहा हो। लाचार ज्ञान जैसे विक्षिप्त हो गयी हो। सब कुछ बेतरतीब।

यह कैसी शादी है ? बाबूजी नहीं, बड़का भैया नहीं, विभा दीदी नहीं। यह शादी सबके रहने पर नहीं हो सकती थी ? किसी को कुछ पता

नहीं। छोटी भाभी, भैया, बस। वे ही सब जानते हैं। यह सत्यनारायण पूजा पूरा नाटक था ! जरूर कहीं से लड़का पकड़कर ले आये हैं। भाभी भी नहीं बोली। अचानक हँसी-मजाक करने लगी। कल तक तो बोलती भी नहीं थी। उसको जरूर पता था। क्या करे, किससे कहे···कहने से भी कौन सुनेगा—कुँवारी लड़की की कौन सुनता है···दादी···दादी क्या करेगी, अपाहिज, मुँहताज···पागल दादी क्या करेगी ?

भाग जाये ! कहाँ ? किसके भरोसे, इस आधी रात में ? भैया आँगन में। कौन भागने देगा ? लड़की क्या हाट में बिकता हुआ बैल है ? किसी भी खूँटे से दूसरा बैल लाओ, जोड़ी मिला दो !

किस आशा में बँधी बैठी रही तू ? बाबूजी, भैया लड़का ढूँढ़ेंगे। धूम-धाम से शादी होगी। रोती-बिलखती ससुराल जायेगी। रो, बिलख। शादी से पहले रो···बाद में भी रोती रहना ! सारी उमर रोने को पड़ी है ! औरत के पास क्या है रोने के सिवा ? कमजोर, अपनी जंजीरों में कैद ! तू औरत क्यों हुई ? अपमान, लाँछना, आँसू के लिए ?

"बबुनी !" दुलहिन ने पुकारा।

ज्ञान कुछ बोली नहीं। दुलहिन पास चली आयी। ज्ञान की आँखों में तेजी मे आँसू डबडबा आये। दुलहिन सहम गयी। धीरे-धीरे ज्ञान के बदन से सट गयी। ज्ञान ने फरियादी की तरह दुलहिन को देखा। दुलहिन की भी आँखें भीग गयीं।

"लो, बबुनी ! इसे पहन लो !" दुलहिन का हाथ ज्ञान के माथे पर फिरने लगा। ज्ञान दुलहिन की कोख से सट सुबुकने लगी।

'अब कुछ नहीं होगा, बबुनी ! पहन लो·· सुआसिनें आती होंगी।" कह तेजी से दुलहिन कमरे से निकल गयी।

आँगन में लड़कियाँ, सुहागिनें आने लगी थीं। उनींदीं। बिना बनाव-सिंगार के। सब कुछ फीका। खुले आँगन में विवाह-मंडप। मंडप बिना छत के। जल्दी-जल्दी चावल पीसकर, घोलकर सजावट की जाने लगी।

दुलहिन ने सुहागिनों के साथ दालान में जाकर दूल्हे को गाड़ी से उतारा। परंपरागत ढंग से बलैयाँ लेती, बिना उत्साह के बेसुर में गीत गाती महिलाओं ने दूल्हे को आँगन में विवाह-स्थल पर बिठा दिया। अशोक

बाबू ने दो कुर्सियाँ दूल्हे के थोड़ा पीछे रखवा दीं। दोनों मुस्टंडे जमकर उन पर बैठ गये। पूजन-हवन चलने लगा। ढँकी-मुँदी ज्ञान को दूल्हे के बगल में बिठा दिया गया।

बाहर टाटासिंह, पहला और अशोक बाबू पान चबा रहे थे।

पंडितजी ने लड़के का नाम पूछा।

लड़का चुप।

तीसरे ने कहा—"शरमाते हैं, प्राण कुमार, बाबूजी का नाम पूरबी-सिंह, मूल दीघवै, गोत्र-शांडिल्य।"

एक लड़की चहकी, "दूल्हा, बोलिए न ! गूंगे हैं क्या ?"

"चुप रह, कैंची सन कचर-कचर करती है !" एक सयानी महिला ने उसे डाँट दिया।

बीच में अशोक बाबू आये। कन्यादान की रस्म निभाकर उठे, धुएँ से आँखें मलते। रति और कामदेव की अनुकंपा के बगैर जीवन का मधुरतम कार्य विवाह विश्वकर्मा यानी पिस्तौल की कृपा से संपन्न हो गया।

दालान में रामौतार सोये रहे। नशे में डूबे। जाने के समय टाटासिंह ने जगाने की कोशिश की। बेकार। तीनों मुस्टंडे टाटासिंह के पास खड़े थे।

"गिन लिया न ठीक से ?" अशोक बाबू ने हाथ जोड़कर पूछा।

"ठीक होगा अशोक बाबू ! कंपाउंडर साहब को बता दीजिएगा कि हम लोग चले गये !···बाद में कौनो बात हो तो टैक्सी स्टैंड में आकर मिलिएगा। हम लोग सब ठीक कर देंगे !" टाटासिंह ने झूमते हुए आश्वासन दिया।

"बस, एक ही शिकायत है !" अशोक बाबू का हाथ अभी तक जुड़ा था।

"क्या ?" टाटासिंह ने चौंककर पूछा।

"आपलोग ठीक से खाये-पीये नहीं ?"

"इह ! कंपाउंडर साहब ने अंग्रेजी पिला दिया···हम लोगों को और क्या चाहिए, अपने लुढ़क गये···देखिए···" टाटासिंह हँसने लगा, "सब

हो गया अशोक बाबू···अब ई तो अपना घर है, आना-जाना लगा रहेगा !···अच्छा, परनाम !" टाटासिंह गाड़ी में बैठ गया।

तीनों मुस्टंडे भी गाड़ी में बैठ गये। देखते-ही-देखते गाड़ी हवेली से बाहर।

अशोक बाबू ने दालान की कुर्सी पर बैठकर एक गहरी साँस ली। सब संयोग ठीक। जैसा सोचा, वैसा हुआ। शरीर एकदम हल्का, जैसे नशा-सा हो रहा था। मंद-मंद हवा उनको रुई के भीगे फाहे की तरह छू रही थी। सीढ़ी पर चाँदनी रात में खुले मैदान की ओर ताकता गूंगा बंधू बैठा था। अशोक बाबू को बंधू बहुत महत्वपूर्ण लगने लगा। कल इसे भी नये कपड़े ला दूंगा। प्रसन्नता, सफलता ने अशोक बाबू को उदार बना दिया था। अब तो सब हो गया। शादी हो गयी। बाबूजी, बड़का भैया, दूल्हे का बाप सबको मनाना है? इतना हुआ, बाकी सब भी हो जायेगा। समय सब का इलाज है। दो-चार दिन गाँव में चर्चा होगी। सुनने कौन जाता है? घर से निकलने की क्या जरूरत है? दो-चार दिन के बाद सब ठंडा। बड़का भैया तो गाय हैं। असल हैं बाबूजी — परशुराम का अवतार। अब जो हुआ सो हुआ। कल सवेरे बबुनी को लाने चला जाऊँगा। उसके आने से बाबूजी का गुस्सा कुछ तो कम होगा।

कमरे को दुलहिन ने सँवार दिया था। नयी चादर पलंग पर डाल दी गयी थी। छोटी टेबल पर, पेटी से निकाल कर, टेबल क्लाथ बिछा दिया गया था। बदरंग पेटियों की ढेर पर पुरानी साड़ियाँ डाल दी गयी थीं। तकिये का खोल नये कपड़े की खुशबू से भरा था। बिसूरती तिपाई पर रूमाली चादर, पानी का सनातनी जग, शीशे का गिलास। बेतरतीब किताबें, पुरानी पत्रिकाएँ टेबल पर सहेजकर रख दी गयी थीं। टेबल पर ट्रे में मिठाई की प्लेट, इलायची और पान पड़े थे। दूध से भरा गिलास भी। जल्दी से कमरे के दूसरे खाली होल्डर में भैया के कमरे वाला नीला बल्ब भी लगा दिया गया था। शादी के बाद दुलहिन एकदम जी-जान से सब किये जा रही थी। हर चीज को सजाती-सँवारती, फूहड़पन को छिपाती। जैसे जो हुआ सो हुआ, अब तो दूल्हे की खातिरदारी ठीक से होनी चाहिए।

जौनावाली को पंख लग गये थे। दौड़-दौड़कर सब कुछ करती जाती। आँख में भर आये आँसुओं को पोंछती जाती। दादी ने खुले मंडप में बैठे दूल्हा और ज्ञान की सिर्फ एक झलक देखी थी। जौनावाली ने फिर उन्हें खाट पर लिटा दिया था। डबडबायी आँखों से बुदबुदाती, असीसती दादी खाट पर लेटे-लेटे सो गयी थी।

ज्ञान को भाभी की सलाह याद थी—'बबुनी, जो हुआ सो हुआ, अब यही तेरा स्वर्ग है।' कितनी आसानी से भाभी कह गयी यह सब! अचानक कैसे स्थिर पत्थर से वह ढलान पर लुढ़कने वाला पत्थर बन गयी थी। सब कुछ कैसे घट गया? सत्यनारायण कथा होते-होते उसकी शादी हो गयी! कैसे वह पत्थर की चक्की की तरह सात फेरे घूम गयी? कैसे उसके दिल की आग दादी के आँसुओं की तरह थम गयी? पकड़ौआ लड़के से शादी का भविष्य वह जानती है। हो सकता है कि ससुराल वाले उसे कभी न ले जायें। बिरजू सिंह की बेटी प्रभा पाँच साल से घर बैठी है! विधवा की तरह। न दुबारा शादी हो सकती है, न पति अपने घर ले जायेगा। उसका पति भी अगर इस जबर्दस्ती शादी से मुकर जाय तब···?

ज्ञान की आँखें भर आयीं। उसने आहिस्ता से अपने आँसुओं को पोंछ लिया। अब क्या फायदा इन आँसुओं का? अब तो सिर्फ हिम्मत और समझदारी से ही उसका भविष्य बच सकता है। वह आहिस्ता से उठी और खिड़की के पास खड़ी हुई। अँधेरे की जगह चाँदनी ने ले ली थी। चाँद बर्फ के गोले-सा दूर आसमान में चमक रहा था। खिड़की से पछिया हवा झिर-झिर आ रही थी। थोड़ी-सी चाँदनी भी खिड़की की राह कमरे में झाँक रही थी। खिड़की का छड़ पकड़े ज्ञान बाहर देखने लगी। जौनावाली का घर ऊँघता नजर आ रहा था। कभी घर सामने से गायब हो जाता। भविष्य झिलमिलाने लगता। आशंका से सिहर उठती ज्ञान। कलेजा धक्-धक् कर रहा था कि हठात् कमरे का दरवाजा खुला और दूल्हा किसी बोरे की तरह आ गया। फटाक्! दरवाजा बंद करने की आवाज हुई। छोटी दुलहिन की खिलखिलाने की आवाज···साथ जौनावाली की खी-खी-खी! अचानक ज्ञान जड़ हो गयी। दूल्हा अपने को सँभालता सीधा खड़ा हो गया। कुछ क्षणों बाद बिना ज्ञान की ओर देखे धीमे से बिस्तर के

पास रखी कुर्सी पर बैठ गया।

ज्ञान ने उसे झटके से देखा– साँवला, मजबूत, साफ नाक-नक्श, पतली मूँछें। चेहरा मुलायम, कोमल और संवेदनशील। सफेद सिल्क के कुरते और चंपई रंग की धोती में ऊटपटाँग लग रहा था। ज्ञान का सिर झुक गया। अंगूठे से जमीन कुरेदने लगी। धीरे से उसने माथे पर साड़ी का पल्लू खींच लिया।

दूल्हे ने लंबी गोरी-चिटट्टी ज्ञान को देखा। अपरूप सौंदर्य। घने बाल। रोबीला चेहरा। बड़ी-बड़ी आँखें। जैसे चोरी पकड़ी गयी हो, दूल्हे का सिर झुक गया। बाद में सामने दीवार की ओर देखने लगा। वहाँ ज्ञान की सिर्फ छाया थी।

कमरे में असह्य मौन था। ज्ञान और दूल्हे के मन में आँधियाँ चल रही थीं। कान एकदम सजग थे। दिल धड़क रहा था। एक नयी जिंदगी के अंकुर फूट रहे थे—कड़ी मिट्टी के नीचे। मिट्टी की पपड़ी बहुत कड़ी थी। समाज, वर्जनाएँ, संकोच, अमानवीय स्थिति सब घुले-मिले थे। अंकुर बस भविष्य की ताकत के बल फूट रहा था। सपने गर्मा रहे थे। दोनों दूर ध्रुवीय चटट्टानों की तरह पिघलने लगे थे। पहले कौन अपरिचय का विंध्याचल लाँघे, यही सवाल मधुमक्खी की गुनगुनाहट की तरह कमरे में गूँज रहा था। तभी ज्ञान को दूल्हे की हिचकी सुनायी पड़ी।

ज्ञान के पाँव उठने को हुए कि संकोच ने जकड़ लिया। कैसे वह··· कैसे वह बोल सकेगी इस अपरिचित से इस निविड़ एकांत में सांत्वना के कुछ शब्द? लेकिन···लेकिन वह रो रहा है! किसी राह चलते के भी आँसू पोंछे जा सकते हैं, लेकिन स्त्री के अंदर कौन दैत्य बैठा है जो उसे अमानवीय तक बना सकता है? एक वृद्धा तो किसी के भी आँसू पोंछ सकती है··· किसी को भी सीने से लगाकर सांत्वना का अमृत पिला सकती है···शायद यह मेरा औरतपन है। यह यौवन, ये रुकावटें, ये निषेध हैं, जो मुझे रोक रहे हैं। ये निषेध सिर्फ औरतों के लिए ही हैं। मैं इतने सालों से इन्हीं कारणों से एक तिलिस्म में भटकती रही···यहाँ जीना है तो सिर्फ पुरुष बनकर। स्त्री तो अधीनता है, पुरुष ही प्रभुत्व है। कब तक

···कब तक बहते आँसुओं को देख सकेगी···वह जो भी है, ज्ञान का है, अच्छा-बुरा, योजनाबद्ध, अचानक, परिचित-अनजान···नयी जिंदगी की गाड़ी का दूसरा पहिया, चलो।

ज्ञान दूल्हे के पास गयी—आहिस्ता-आहिस्ता। सूखते कंठ से फुस-फुसाती आवाज निकली।

"रो क्यों रहे हैं ?"

दूल्हा चैतन्य हो गया। झट अपने आँसू पोंछकर पूर्ववत् संज्ञाहीन दीवार को देखने लगा जैसे ज्ञान वहाँ हो ही नहीं।

ज्ञान दूल्हे के संकोच को भाँप गयी, और इससे ज्ञान के संकोच का शिकंजा थोड़ा और ढीला हो गया। उसने धीमे से अपना एक हाथ बढ़ाकर दूल्हे के कंधे पर रख दिया। ज्ञान को लगा कि हाथ रखने में उसे कई युग लग गये।

दूल्हा चौंक गया और झटके से उसने ज्ञान का हाथ अपने कंधे पर से हटा दिया, जैसे घबराकर लोग बिच्छू को हटा देते हैं।

ज्ञान पर इसका कोई असर नहीं हुआ, उल्टे उसमें और दृढ़ता आ गयी।

"मुझे भी नहीं बतायेंगे ?"

दूल्हे ने बलि के लिए जाते मेमने-सी कातर दृष्टि से ज्ञान को देखा। उसके होंठ फड़के। निःशब्द। आँखों से आँसू बह चले।

दूल्हे की यह मुद्रा ज्ञान को बींध गयी। उसका भी गला भर आया और आँसू लुढ़ककर गाल पर आ गये। रुँधे गले से आवाज निकली।

"ठीक है ··इस घर में तो कोई मेरा है ही नहीं···जब आप भी परायी···"

दूल्हा ज्ञान को रोते देख सकते में आ गया। उसे अपने-आप पर शर्म आने लगी। इस शादी में इस लड़की का क्या कुसूर ? यह तो गाय है चाहे जिस खूँटे से बाँध दो। यह नहीं समझती ··कुछ नहीं समझती···मुझे सब बताना पड़ेगा। दीवार की बजाय उसने ज्ञान की ओर सीधे देखा। तना हुआ चेहरा। सख्त और सधी आवाज में वह बोला :

"मैं प्राण कुमार सिंह नहीं हूँ, न मेरा घर सिमरिया।···प्राण मेरे

साथ ही पढ़ता है···हम दोनों बरौनी लॉज के कमरे में साथ ही रहते हैं। मुझे प्राण समझकर सब लोग उठा लाये···मार-पीट-पिस्तौल···मुँह में कपड़ा ठूँस दिया, आँख पर पटट्ी। बोलने भी नहीं दिया। जैसे ही बोलता कि चोप्प साले! थप्पड़! मेरा नाम मदन सहनी है···बस, प्राण की पैंट-शर्ट के धोखे में मुझे उठा लाये···हम दोनों ने साथ-साथ सिलवाया था··· मैं···आप विश्वास करिए···मैं बेकसूर हूँ!"

आखिर में मदन का गला रुँध गया। वह धीमे से उठा और खिड़की के पास जाकर खड़ा हो गया। आँसुओं को सँभालता, टुक-टुक बाहर देखता।

ज्ञान को लग रहा था जैसे पहाड़ में पलीता लगाकर तोड़ा जा रहा हो! ऊपर धड़ाम-धड़ाम! मुंगेर-जमालपुर के पहाड़! और वह घाटी में खड़ी सुन रही है। मदन की आवाज पहाड़ों से टकराकर गूँज रही है। धीरे-धीरे आवाजें बंद हो गयीं। जड़ ज्ञान की तंद्रा टूटी। वह धीरे-धीरे चलकर मदन के पास पहुँची।

"आप जबर्दस्ती की शादी से नाराज···आपके घर वाले क्या···" मदन झटके से पल्टा।

"नहीं-नहीं! शादी तो कभी-न-कभी होनी थी···मेरा घर हसनपुर है···किसी को भी भेजकर मेरे बाबूजी परमेश्वर सहनी के बारे में पता कर सकती हैं!···मैं समझ गया हूँ, आप लोग ऊँची जाति के हैं। इस बात के खुलने से मेरी जान भी···कौन अशराफ बर्दाश्त करेगा ऐसी शादी? रामपुर लॉज कमरा नंबर चार में मेरा आइडेंटिटी कार्ड है, वही मँगवा लीजिए।"

मदन की ऊँची आवाज से ज्ञान सँभल गयी। इतनी जोर से बोलने पर तो कोई सुन लेगा। कहीं भाभी सुहागरात की लीला देखने-सुनने के बहाने दरवाजे से कान लगाये न बैठी हो!

"धीरे," ज्ञान ने उँगली से इशारा किया, "धीरे बोलिए, कहीं किसी ने सुन लिया तो···"

"जब यह सच है तो···" साफ, सच्ची आवाज में मदन ने कहा।

उस कमरे में जहाँ जीवन के मधुरतम क्षण बीतते, करुणा, आशंका, क्रोध

और बेबसी के ताने-बाने भर गये थे। हृदय के श्रेष्ठतम उद्‌गार की जगह दिमाग ने ले ली थी। आतंक और भय ने हवा का भार बढ़ा दिया था। दीवारें चुपचाप उनका ताप महसूस कर रही थीं। न बादलों से छेड़-छाड़ करता चंद्रमा, न ठंडी ब्यार ही ज्ञान को उद्वेलित कर रही थी। उनके सामने जीवन दुर्दांत रूप में खड़ा था।

हाँ, यह सच है! यही सच है! हथौड़े से घंटी पीटी जाने लगी। टन-टन-टन···चौकस करती। ज्ञान को लगा, भूकंप हो रहा है। माथा घूमने लगा, जैसे गिर जायेगी वह। भैया मल्लाह के घर अपनी बहन को कभी नहीं जाने देंगे···शादी-शुदा विधवा प्रभा की तरह बैठी रहेगी वह ···भाभी के ताने सुनती, नौकरानी की तरह खटती। दादी नहीं बचेगी! बड़का भैया-बड़ी भाभी, बाबूजी···अब गि···री···अब कि हाथ बढ़ाकर कुर्सी थामा, धम्म से बैठ गयी। आँखें बंद, चेहरा निस्तेज···मदन लपका। नजदीक आकर सहम गया।

"सुनिए।" साँसों को सँभालता मदन बोला।

साँय-साँय आंधी चल रही थी। धूल-भरे बगूले उठते और पटाखे वाली सीटी की तरह ऊपर चले जाते। चक्रवात्! खरखराते पत्ते हवा में डूबते-उतराते।

आंधी चल रही थी ज्ञान के मन में। कहाँ गया दादी का राजकुमार? सात फेरे लेकर कहाँ पहुँची वह? यह क्यों बोल रहा है···इसे मुझसे क्या मतलब है···मैं इसकी कौन हूँ, क्या हूँ? कल यह फिर अनजाना हो जायेगा, इस कमरे से निकल जायेगा···मेरी जिंदगी से बाहर हो जायेगा।···क्यों टोक रहा है मुझे···इसके बाद मेरा कौन है? कौन होगा? कोई नहीं। भाई, भाभी, बाबूजी सब घृणा करेंगे, तरस खायेंगे। जिंदा लाश की तरह हिलती-डुलती। सुनबहरी की तरह सुन्न। इसके बाद कुछ नहीं है, कोई नहीं है···कोई नहीं···

"सुनिए!" मदन ने हाथ आगे बढ़ाकर उसका कंधा छुआ, "आप···"

ज्ञान ने आँखें खोलीं। चिंतित, परेशान मदन का चेहरा काफी नजदीक। उसकी साँसें ज्ञान तक पहुँच रही थीं। आँधी में जोर से फुहार आयी और धूल बैठ गया अचानक। ज्ञान ने मुस्कराने की कोशिश की, "मैं

आप नहीं, ज्ञान हूँ ! ज्ञानवती···"

मदन आश्वस्त हुआ, जैसे छाती पर से बोझ हट गया हो।

"आपको क्या हो गया है···आप एकदम···"

मदन आहिस्ता से पलंग पर बैठ गया।

"आप नहीं, ज्ञान," ज्ञान की आँखों में जैसे बादलों से भरा आकाश समा गया था। मदन सन्न ! अजीब लड़की है। वह झटके से उठा और तिपाई पर पड़े ग्लास में जग से पानी उड़ेलकर ज्ञान की ओर बढ़ा दिया।

ज्ञान सँभल गयी। उसने टेबल पर रखी मिठाई उठायी और मदन के सामने बढ़ा दी, जैसे आत्मविश्वास से भरी ज्ञान की आँखें बोल रही थीं।

मदन ने उसे सवालिया नजरों से देखा।

ज्ञान का मिठाई वाला हाथ और आगे बढ़ा। बायें हाथ से ज्ञान ने मदन का ग्लास पकड़ लिया। उगते सूर्य की तरह मुस्करायी और ग्लास को तिपाई पर रख दिया।

मदन का मन रुई की तरह धुना जा रहा था। चारों तरफ रुई के तैरते रेशे। आँखों के कोमल, बरौनियों से चिपके रुई के रेशे। कानों, बालों से लिपटते रेशे। रेशे से लिपटा ज्ञान का मिठाइयों वाला हाथ सफेद··· रुई की तरह···जैसे ज्ञान परियों के देश से आयी हो !

मदन ने झट सिर झुका लिया।

"खाइए।" ज्ञान का अधिकार-भरा स्वर उभरा।

मदन ने सिर उठाया। लगा कि ज्ञान कोई मंत्र पढ़ रही है—बुद्-बुद्-बुद्।

मंत्रमुग्ध उसका दाहिना हाथ प्लेट की ओर बढ़ा। कलाकंद का एक टुकड़ा उठाने के बाद मदन ने फिर ज्ञान की ओर देखा।

"खाइए न !" लाड़ से ज्ञान ने कहा।

मिठाई के मुँह में जाते ही जैसे ज्ञान के पर लग गये। चिड़िया की तरह उसकी हँसी चहचहाने लगी। फुदक-फुदककर चोंच से बच्चे को चारा खिलाती।

"ये भी···रसगुल्ला भी···खाइए ! भूख लगी थी न···"

"हूँ !" मदन ने हामी भरी।

पानी के तुरत बाद उसने पान बढ़ा दिया।

"जर्दा ?"

"नहीं।"

समय बीतता गया। अनजान कमरा धीरे-धीरे एक हो गया। आत्मीयता ने अपरिचय की जगह ले ली। वे दोनों कलियों की तरह धूप की गमार्हट से फूट रहे थे।

"यह कौन-सा गाँव है ?" मदन ने पूछा।

"यह भी नहीं जानते ? मँझौल है।"

"आँख में पट्टी, हन्न-हन्न भागती कार। अँधेरी कोठरी। एक दोहत्थड़ के लगते ही बेहोश मैं क्या पता, कहाँ आ गया !" बुझी मुस्कराहट के साथ मदन बोला।

"बाबू हरिपरसाद राय का घर है। उन्हीं की बेटी हूँ। दो भाई हैं—बड़का भइया मुंगेर में वकील हैं, छोटे अशोक भैया खेती-पथारी करते हैं। उन्हीं का यह सब किया हुआ है। मुझे तो कहते भी लाज···" भाई के घटियापन की बात करते वह झेंप गयी।

"छोड़िए···आपने कहाँ तक पढ़ाई की ?" मदन ने ज्ञान को उबारा।

"बी० ए०···। मुंगेर में हायर सेकेंडरी से बी० ए० तक पढ़ी।" ज्ञान बोली, "अपने बारे में बताइए न ?" पलंग पर बैठी ज्ञान की ठुड्डी घुटनों पर जमी थी।

"क्या फायदा !" मदन ने लंबी साँस ली, "जब रास्ते ही अलग हैं···क्या फायदा ?"

"बताइए न," ज्ञान ने नरमी से कहा।

"अकेला भाई, माँ-बाबू घर पर हैं। बी० ए० आनर्स की परीक्षा दूँगा इस बार !" बेमन से मदन बोला।

"बाबूजी क्या करते हैं ?" ज्ञान ने पूछ लिया।

"क्यों पूछती हैं यह सब ?···मेरे पिताजी मछली का व्यापार करते हैं ! कोई जमींदार नहीं हैं !" मदन भड़क उठा।

ज्ञान सकपका गयी। 'हैं तो हमसे उम्र में भी छोटे। इनको लगा, मैं इनकी जाति पूछ रही हूँ। नहीं पूछना चाहिए था।'

"अपने घर के बारे में पूछ लिया तो···" ज्ञान ने सफाई दी।

"घर? किसका घर?···कल सबेरे बात खुलते ही शायद मैं जिंदा भी न रहूँ।"

"भैया दीदी को लाने जायेंगे कल सबेरे! कैसे देखेंगे?"

"हुँह! एक दिन की जिंदगी! भैया के जाने के बाद मुझे भागने का रास्ता बता दें," मदन ने हाथ जोड़ दिये, "जिंदगी भर एहसानमंद रहूँगा!"

"भागने का रास्ता? भइया की करनी और सजा मुझे?···" ज्ञान पलंग के पायताने उठंग गयी। आँखों से गंगा-जमुना बहने लगी। चुपचाप। कोई हरकत नहीं।

मदन सहम गया। इसने क्या किया है? सब कुछ तो भाई ने किया है। उसे अपने पर शर्म आने लगी। यह तो गाय है, चाहे जिस खूँटे से बाँध दो। सात फेरे को यह क्या समझती है? यहाँ से किसी तरह निकलना है, इसे रुलाने से क्या फायदा?

"हिम्मत रखिए···आप तो समझदार हैं··· कौन दुखी नहीं है? आप भाई के वजह से दुखी हैं, मैं अपनी जाति से दुखी हूँ। देखिए···रोइए नहीं···जो हो गया, उससे बचने का उपाय सोचिए···शायद हम दोनों कोई रास्ता निकाल लें!"

सांत्वना के शब्द और 'हम दोनों' ने बिजली-जैसा काम किया, ज्ञान सिहर उठी। अपने को सहेजा और आँसू भीगे ओठों पर मुस्कान की पतली रेखा तैरने लगी।

"अब नहीं रोऊँगी!" उसने दृढ़ता से कहा और मुस्कान और फैल गयी।

"अगर किसी और से शादी हुई तो आज···" मदन रुका, फिर सँभलकर बोलने लगा, "आज आप रोती नहीं···मैं ही अभागा आपके दुःख की जड़···लेकिन मैं दोषी कहाँ हूँ···ऐसा दुःख···"

"मुझे कोई दुःख नहीं है। अब जो होना था हो गया···।"

"तो कल आपके भइया के जाने के बाद मैं निकल सकता हूँ?"

"इन कपड़ों में ?...पकड़े जायेंगे !"

मदन ने चंपई धोती को देखा। इसकी जगह पर सफेद धोती होती तो कोई बात नहीं थी। पास में पैसा भी तो नहीं है।

"एक सफेद धोती, कुछ पैसा हो जाता तो...?"

"आपको लाया कौन था ?" ज्ञान ने सोचते हुए पूछा।

"क्या पता...चार लोग थे। एक ड्राइवर, तीन रंगबाज। शादी के समय दो रंगबाज पीछे की कुर्सी पर बैठे थे..."

नींद ज्ञान की पलकों पर आ बैठी थी। ज्ञान ने जंभाई ली।

"सो जाइए !" मदन बिस्तर पर से उठ गया, "डरिए नहीं, मैं कुर्सी पर बैठा रहूँगा।

सोने का नाम सुनते ही ज्ञान के गाल आरक्त हो उठे। उसकी गर्दन झुक गयी और उँगलियाँ आँचल के छोर से खेलने लगीं।

मदन कुर्सी पर बैठ गया था।

"छि: ! कहीं आपको कुर्सी पर सोते देख लिया तो भाभी मेरी फजीहत कर देगी। मैं ही जमीन पर सो जाऊँगी।"

"नहीं-नहीं, कोई नहीं देखेगा।" मदन ने विरोध किया।

ज्ञान पलंग से नीचे उतरकर मदन के सामने आकर खड़ी हो गयी। आजिजी से कातर।

"मेरी बात मान लीजिए।" धीमे से ज्ञान बोली।

मदन कुर्सी से उठकर बिस्तर पर लेट गया।

ज्ञान ने खिड़की बंद कर दी। जीरो पावर का बल्ब बुझाकर कुर्सी को किनारे कर दिया। फिर उसने लंबी साँस ली और आहिस्ता से दीवार के सहारे सटकर बैठ गयी।

तभी मदन को लगा कि वह तो बिना बिछावन, तकिये के फर्श पर सोयेगी। मदन झटके से उठा। पलंग पर पड़ी नयी चादर खींच ली और नीचे बिछा दिया। लेटे-लेटे उसने दूसरा तकिया भी नीचे डाल दिया।

ज्ञान उस चादर और तकिये पर पड़ी मदन की मनुष्यता और स्नेह में भीगती रही। यह फुहार जमकर बरसती क्यों नहीं ? यही सोचती ज्ञान लेटी रही। अपने भाग्य पर आँसू बहाती रही और तकिया भीगता रहा।

13

अगले दिन चाय की दुकान पर रजेंदरा और कामरेड बैठे थे। फुलेना चाय के बिना रह नहीं पाता है। जौनावाली हरिपरसाद बाबू के यहाँ काम करने चली गयी थी। लगन वाला घर, उसमें भी यजमान का। फुलेना चाय की तलब में चौक पर चला आया था। दुकान में घुसते ही रजेंदरा पूछ बैठा :

"कि हो फुलेना भाई ? रात हरिपरसाद बाबू के इहाँ पकड़ौआ शादी हुई ?"

"इह ?" फुलेना सहमा, "क्या तो सबेरे-सबेरे···?"

"देखिए छिपाइए नहीं। हम कोई आपका नाम थोड़े ही खोलेंगे ? हमको तो अभी मालूम पड़ा।"

"हाँ, हो गयी !" आश्वस्त होकर फुलेना बोला।

"घुस गयी न सारी इज्जत ! बेटा में तिलक लेंगे, बेटी में पकड़ौआ ?"

तभी रामौतार कंपाउंडर की साइकिल आकर लगी।

"एक चाय दीजिए, कामरेड !" फुलेना को देखकर बाहर ही खड़े हो गये रामौतार। रजेंदरा अशोक बाबू की बैठकी रामौतार की दुकान पर देखता था। वह उस वक्त पूरी खिंचाई के मूड में था।

"कि कंपाउंडर साहेब ! अइसने दू-चार गो सादी हो तो इ तिलक-दहेज खतमे हो जायेगा," कामरेड ने फुलेना और रामौतार को चाय बढ़ा दी। दोनों चाय सुड़कने लगे थे।

"कइसन सादी !" रामौतार ने अनजान बनकर पूछा।

"यही पकड़ौआ ! लड़का का बाप मूँछ में मटिया तेल देता होगा। लड़का फुर्र···अब ले साला तिलक···बस, कभी-कभी गड़बड़ भी होता है कामरेड ! बिरजूसिंह की बेटी घर बैठी है···क्या होगा उसका ? कभी लड़का का बाप ई गाँव में आ गया तो ई जूते मारना चाहिए कि सब अकड़ भूल जाय ! ई में लड़की का क्या दोष ?"

"ठीक कहते हो बौआ !" रामौतार ने साइकिल आगे बढ़ायी ताकि बात और न बढ़े।

फुलेना ने मुँह बिदकाया, "इसका भी हाथ जरूर होगा। रंगबाजों का डॉक्टर है न !"

कामरेड ने हामी भरी।

शाम तक शादी की खबर पूरे गाँव में जाड़े के धुएँ की तरह फैल गयी थी। दादी सोयी थीं। सरमेरावाली दुलहिन भी अपने कमरे में बच्चों के साथ सोयी पड़ी थी। अशोक बाबू विभा को लाने महथीं जा चुके थे। ओसारे में खंभे के सहारे चौकी पर ज्ञान बैठी थी। नल पर जौनावाली बर्तन मले जा रही थी। कड़ी धूप में देह पसीने से चिपचिपा गयी थी। घमौरियों की खुजलाहट से जौनावाली के चेहरे पर उकताहट थी।

ज्ञान अशोक बाबू की सूखती सफेद धोती पर नजर जमाये थी। कब जौनावाली जाय कि धोती समेटकर रख ले। धी-सुआसिनें तो कब की चली गयीं। इस दोपहर में कोई नहीं आयेगा। कोई नहीं जान पाएगा कि लड़का दूसरा है। इतनी होशियारी मदन ने जरूर रखी कि भेद न खुले। उनको सफेद धोती और पैसा चाहिए न, दोनों हो जायेगा। उसके बाद··· "ई घमौरी ? ए बबुनी, पीठ नोंच दो न !"

ज्ञान खोयी रही।

"ए बबुनी···अब त चलिए जाना है··· जरा पीठ नोंच दो न !"

ज्ञान ने जौनावाली को उचटी नजरों से देखा और अपने में मगन हो गयी।

"काहे बबुनी···अभिये से अइसन हो गयी ?"

जरूर कोई दु:ख है। शादी के बाद तो सबको नैहर छोड़ना पड़ता है। जौनावाली की आँखों के सामने जमीन पर बिछी चादर और तकिया घूम गये। सुबह उसी ने तो जगाया था, दुलहिन के साथ।

"हम लोग का और बात। ऊ रात साड़ी की दुर्गति !" खिलखिलाकर हँसने लगी जौनावाली, पर ज्ञान को हँसते न देखकर सहम गयी।

"कि बात बबूनी, कुछ गड़बड़ ?"

"यही समझो भौजी ! तुम्हारी बबुनी ससुराल नहीं जायेगी। बाप के दरवाजे पर परान दे देगी···वो···वो एकदम पत्थर है भौजी !"

जौनावाली उठकर आँचल से हाथ पोंछती उसके पास चली गयी।

बगल में खड़ी हो गयी. "अभी करोध होगा ! ई सब ठीक हो जायेगा बबुनी···न रो ··," जौनावाली ने अपनी गंदी साड़ी के आँचल से ज्ञान के आँसू पोंछ दिये, "जाओ, मेहमान सो रहे हैं···"

"दरवाजा बंद कर लो बबुनी," पलटकर जौनावाली बोली और धीमे से दरवाजे से निकल गयी।

दरवाजे को बंद करते ही ज्ञान तेजी से अलगनी पर सूखती धोती को आहिस्ता-आहिस्ता समेटने और बीच से मोड़कर तह लगाने लगी। कमरे का दरवाजा खुला था। कमरे में मदन बेसुध सो रहा था। मदन को देखते ही उसके पाँव रुक गये। फिर बढ़ी और अलमारी में पड़ी गुल्लक उठाकर बाहर आ गयी। उसे सहन के फर्श पर पटककर फोड़ दिया और मुड़े-तुड़े नोटों और पैसों को समेटने लगी। कंधे पर सफेद धोती पड़ी थी। मुट्ठी में पैसे। कमरे में आते ही खिड़की खुली देख उसी तरफ बढ़ गयी। टेबल पर धोती और पैसे रखकर खिड़की बंद कर दी। कमरे में हलकी रोशनी रह गयी थी। पलटकर दरवाजा भी आहिस्ता से बे-आवाज ही बंद कर दिया। कुर्सी पर उठंगकर बैठ गयी और आँखें बंद कर लंबी साँस ली।

अब ये जा सकते हैं···हमेशा के लिए जा सकते हैं···मैं पड़ी रहूँगी न सधवा, न विधवा···दादी की तरह सुन्न, पागल···दूर-दूर सुनने को हरदम तैयार···भइया की इज्जत रह जायेगी···पैसा बच जायेगा। मुँह तक आया कौर छिन जायेगा··हाथ की चूड़ियाँ···क्या जरूरत रहेगी इन लाल चूड़ियों की ? शादी से फुर्सत। भाभी को एक परमानेंट नौक-रानी मिल जायेगी। घर से निकलना बंद। लोग ताने कसेंगे। घर में कोल्हू के बैल की तरह घूमते रहो।···लंबा जीवन। कब तक वह जानवर की जिंदगी जी पायेगी ?··

मदन ने करवट बदली। उसका चेहरा ज्ञान के सामने था। उसके भोले-साँवले चेहरे पर अपूर्व कोमलता थी। कसरती देह, गहरे काले-चमकीले बाल, साँवला रंग, सुघड़ नाक, मुँदी पलकें। चुपचाप चोर नजरों से ज्ञान मदन के मोहक रूप को पीती रही।

जगा देती हूँ !···नहीं जगाऊँगी। रात भर नहीं सोये। धोती और

पैसे के बारे में बता दूँ। बोलकर जगाना भी मुश्किल। धीमे से उठेंगे, नहीं। वह मदन के सिरहाने बैठ गयी। उसके अनियंत्रित हाथ की उँगलियाँ मदन के बालों को सहलाने लगी। मदन आराम से सोता रहा। ज्ञान की उँगलियाँ मदन के माथे पर फिसल रही थीं।

मदन की आँखें खुल गयीं।

"कौन ?"

ज्ञान ने हड़बड़ाकर अपना हाथ खींच लिया और शर्म से उसका सिर झुक गया। मदन ने गौर से उसे देखा और उठ बैठा।

"ज्ञानजी, हमें अपनी सीमा नहीं भूलनी चाहिए।"

"मैं तो आपको जगा रही थी···!" ज्ञान ने हड़बड़ाकर सफाई दी।

"सिर्फ आज का मेहमान हूँ···मोह मत पालिए···आप भूमिहार, मैं मल्लाह," हाथ जुड़ गये मदन के, "मुझे जाने दीजिए···मुझे मत भरमाइए !"

"भरमाइए !" सुनते ही ज्ञान के तन-बदन में जैसे आग लग गयी। झपटकर उठी और टेबल पर पड़ी सफेद धोती और पैसे मदन के सामने पटक दिये।

"मैं क्यों भरमाऊँगी आपको ? मैं कौन होती हूँ आपकी ? इंतजाम हो गया न ! चले जाइयेगा ! बस !"

"आप नाराज हो रही हैं, बेकार···मेरी हालत सोचिए !"

"हाँ !" व्यंग्य की धार से पैनी ज्ञान की आवाज थी, "मेरी कौन सोचेगा ?"

मदन चुप।

"आपकी क्या गलती ?" जरा रुककर उसने कहा, "आप पुरुष हैं न ?"

"इह···हाँ !"

"आप इस शादी के बाद दुबारा शादी कर सकते हैं···कहिए हाँ !··· क्या औरत बिना तलाक के, बिना पति के मरे दूसरी शादी कर सकती है ?"

"नहीं, पर ज्ञानजी···" मदन हिचकिचाया।

"ज्ञानजी, ज्ञानजी ! मैं आपकी पत्नी हूँ। क्या आप-आप लगा रखा है। तुम कहो !···तुम भागना चाहते हो न ··जान बचाने के लिए···यहाँ भेद खुलने पर खतरा है, इसीलिए न।"

"अऽऽ···हाँ !"

अपने को सँभालती ज्ञान कुर्सी पर बैठ गयी। उत्तेजना से थरथर कर रहा था उसका शरीर। चेहरा लाल, भाले की तरह तना।

"क्यों ? क्या मैं कुरूप हूँ ? क्या मैं अनपढ़ हूँ ?"

'नहीं, नहीं !" मदन सफाई देने लगा, "कौन आपको ऐसा कहेगा ? आप जैसी लड़की·· मैं ही अभागा हूँ···मैं···"

"नहीं, तुम डरपोक हो, कायर हो। ठीक है भागो···पर मैं भी तुम्हारे साथ भागूँगी !"

"ज्ञानजी !"मदन आश्चर्य से लगभग चीख उठा।

"तुम कहोगे, मेरे घर वाले नहीं मानेंगे। मैं मनाऊँगी उन्हें···मैं।"

"ज्ञानजी, मैं ··मैं कैसे···?"

"तुम बचना चाहते हो···मैं विधवा की तरह घुल-घुल कर मर जाऊँ ?" ज्ञान के चेहरे पर काली नफरत तैर गयी, "छिः, कितने स्वार्थी हो तुम !" फिर धोती उठाकर सामने बढ़ाती हुई बोली, "लो पहनो इसे और भागो !"

"देखिए···आप मुझे गलत मत समझिए···मैं इस काबिल नहीं। मेरे घर वाले सीधे-सादे लोग हैं। कहाँ आप और कहाँ मैं !···आपके घर वाले हमें बरबाद कर देंगे !"

"तुम किससे डरते हो ? ये कायर लोग तुमको छू भी नहीं सकते। मैं सबको देख लूँगी। मुझे मारकर ही कोई तुम्हें छू सकेगा।"

बिफरती ज्ञान की ऊँची आवाज से मदन घबरा गया। उसने ज्ञान के मुँह पर अपनी हथेली रख दी।

"ज्ञानजी ! आप··"

ज्ञान झटके से उठी और मदन के गोद में सिर पटकने लगी। रोते-बिलखते। बेसुध। "मैं विधवा नहीं बनूँगी·· तुम्हारे रहते···नहीं जाने दूँगी तुम्हें ! बहुत सहा है···बहुत सहा है···अब तो साथ ही मरेंगे···हम साथ ही मरेंगे।" ज्ञान की हिचकियाँ बँध गयीं।

मदन अंदर से दहल गया। उसकी आँखें भी भर आयीं। उसके हाथ ज्ञान के बाल सहलाने लगे।

ज्ञान रोती रही। मदन की गोद में मुँह छुपाये।

सहसा मदन का शरीर तन गया। दोनों हाथों से उसने ज्ञान का चेहरा अपने हाथों में भर लिया और जोर लगाकर उसे ऊपर उठा लिया।

कातर हिरणी की तरह ज्ञान लाल, गीली आँखों से मदन को अपलक देखती रही। आँसू अनवरत बहते रहे।

मदन ने उसे सहारा देकर उठाया और धीमे स्वर में बोला, "उठो ज्ञान !" ज्ञान की आँखों से और जोर से आँसू झरने लगे। आँखें हँस रही थीं, आँखें रो रही थीं। होंठ थरथरा रहे थे। संशय से, कल्पना से, खुशी से।

"मदन ?" अविश्वास से ज्ञान ने पूछा।

"हाँ ज्ञान !," मदन ने दृढ़ता से कहा, "मैं नहीं भागूँगा···मैं नहीं भागूँगा···हम साथ-साथ···"

मदन का अस्फुट स्वर बीच में अटक गया। खुशी के अतिरेक से ज्ञान कटे पेड़ की तरह मदन के कंधे से झूल गयी। मदन की मजबूत बाँहों ने उसे सँभाल लिया ! मदन की बाँहों के कसाव में बेसुध हो गयी ज्ञान। दोनों एक मजबूत दरख्त की तरह खड़े थे। जैसे पृथ्वी में उनकी जड़ें बहुत गहरे चली गयी थीं। पृथ्वी की गति बढ़ गयी थी। सूर्य मोम की तरह कोमल हो गया था। धूप हर्ष के फुहार-सी निखर उठी थी।

14

आँगन में छोटी चौकी पर मदन नहा रहा था। ठंडे पानी से नहाना बड़ा अच्छा लग रहा था। जौनावाली नल चला-चलाकर पानी भरती जा रही थी। ब्रीफकेस लिये अशोक बाबू खुले दरवाजे से घुसे। मदन पर नजर पड़ते ही कलेजा धक्क ! यह कौन है ? नहीं, नहीं। वही है। न···वह गोरा-चिट्टा और इससे नाटा था। चौड़ा चेहरा। यह साँवला चेहरा है ! अशोक बाबू दनदनाते हुए दुलहिन के कमरे में चले गये।

कमरे में दुलहिन बिस्तर लगा रही थी, कपड़े सहेज रही थी। कमरे में घुसते ही दुलहिन ने ब्रीफकेस थाम लिया।

"क्या हुआ ?"

"विभा की विदाई नहीं होने दी। मोटर साइकिल का मामला··· बहुत कहा। इसीलिए रात भर रुका रहा।···डर लग रहा था कि कहीं बाबूजी न आ गये हों।"

"न, बाबूजी कहाँ आये ?···बड़े चांडाल लोग हैं···विदाई रोकने से मोटरसाइकिल मिल जायेगी ?"

"हार कर कहा —मेहमान जीजा को ही जाने जाने दीजिए। बुढ़वा बोला—हमीं को ले चलिए···साला, हरामी !"

दोनों बच्चे आहिस्ता से कमरे में घुस गये थे। पापा के लिए। अशोक बाबू की नजर उन पर पड़ी। उन्होंने रिंकू का सिर सहला दिया।

"विभा बबुनी ठीक हैं न ?" दुलहिन ने चिंता से पूछा।

"खाक ठीक है।···सुनो, लगता है जो लड़का हमने देखा था, ऊ यह नहीं है। वह गोरा था, यह साँवला है···शादी के वक्त तो मुकुट के झालर से चेहरा ढँका था···"

"क्या कहते हैं ?"

"रामौतार पर विश्वास किया···मुझे तो शक है !"

"आपको बेकार ही शक होता है···अपना नाम प्राण कुमार, घर सिमरिया, बाप का नाम पूरबी सिंह बताता है···वह झूठ क्यों बोलेगा ?"

"तुम थोड़ा घुमा-फिराकर पता लगाओ···लड़के की एक बहन की शादी अछवाड़ा और दूसरी की सदानपुर में हुई है। असल होगा तो ठीक जवाब देगा। मैं दालान में चलता हूँ। नहाने का पानी भिजवा देना···"

अशोक बाबू निकल गये।

छोटी दुलहिन पसीने से भीग उठी। हे भगवान, यह क्या हो रहा है ! जी को कड़ा कर ओसारे में आयी तो मदन तौलिया से बाल पोंछ रहा था। दुलहिन लपककर आईना और कंघी ले आयी। मदन के सामने बढ़ा दिया।

"बहुत मानती हैं भाभी आप !" मदन मुस्कराया।

"हम तो मानेंगे ही। शादी हो गयी, जोड़ी मिल गयी···आपके पिताजी मानेंगे तब न?"

सूखी हँसी दुलहिन के चेहरे पर आयी।

"छोटे भाई शादी करा सकते हैं तो पिताजी को भी मना लेंगे!" कंघी करते मदन बोला।

छोटी दुलहिन ने सूत्र सँभाल लिया।

"खबर कैसे भेजी जाय? पहले आपके पिताजी को कि किसी और कुटुंब को?"

"हाँ, यही ठीक रहेगा।" मदन ने अनमने ढंग से कहा।

"आपकी बड़ी बहन कहाँ ब्याही हैं? बहनोई का नाम क्या है?"

"बहन?" मदन चौंक गया, क्या बताये, वह तो जानता ही नहीं, "अभी जल्दी क्या है? उन्हें बाद में अपने आप पता चल जायेगा।"

शक पक्का होते ही क्रोध से छोटी दुलहिन के जबड़े भिंच गये।

खूबसूरत मांसल चेहरे पर से लावण्य गायब हो गया।

"सच बताइए मेहमानजी···आप प्राण कुमार सिंह हैं?" जबरन मुलायम पड़ती दुलहिन ने जोड़ा, "अब तो शादी हो गयी···छिपाने से क्या फायदा?"

मदन काँप गया। खोखली हँसी बिखेरता बोला, "भाभी, शक क्यों? और फिर शादी के बाद शक करने से फायदा क्या?"

"बात को घुमाइए नहीं। प्राण कुमार की एक बहन बछवाड़ा, दूसरी सदानपुर में ब्याही है। सच बताइए मेहमानजी, आप कौन हैं? घर कहाँ है? आखिर बबुनी को उसी घर में बसना है!"

मदन को लगा कि अब झूठ का लबादा ओढ़ने से काम नहीं चलेगा। ज्ञान से पूछ लेता। पर कैसे? वह जौनावाली के साथ रसोई में सामने वाले ओसारे में बैठी है। कैसे जाऊँ वहाँ? सच की आग में हाथ जलाना ही पड़ेगा। मदन ने आईना छोटी दुलहिन के हाथ में थाम दिया। कंघी उसी में फँसी थी।

"सच सुनेंगी भाभी? मेरा नाम मदन सहनी है, घर हसनपुर चीनी मिल के पास है। प्राण कुमार मेरे साथ पढ़ता है, मेरे साथ ही एक कमरे

में रहता है। चारों रंगबाज मुझे प्राण कुमार समझकर उठा लाये। मुँह में कपड़ा ठूँस दिया। बताने की कोशिश की तो फट पिस्तौल निकाल लिया। मेरा क्या कसूर है···शादी के वक्त भी पीछे दो पिस्तौल वाले रंगबाज···!"

"हे भगवान !" दुलहिन का जैसे खून सूख गया हो, जैसे-तैसे बोली, "मेहमानजी, यह बात अपने तक रखिएगा···ज्ञान से भी नहीं कहना है, यही प्रार्थना है···सब ठीक हो जायेगा।"

दुलहिन को दरवाजे की तरफ लपकते देख मदन ने ताली बजायी। ज्ञान ने संकेत में पूछा, "क्या है ?"

मदन ने भाभी की ओर इशारा किया, मुँह के खुल जाने का संकेत। अपनी गर्दन को दोनों हाथों से दबाने का अभिनय किया। आश्चर्य और भय से ज्ञान का मुँह खुला रह गया। दाहिनी हथेली मुँह पर रखकर उसने चुप रहने का इशारा किया और खुद वहाँ से उठ गयी।

ज्ञान ने मदन से कमरे में आने का इशारा किया।

मदन कमरे में चला आया। सफेद धुली धोती निकाली और जल्दी-जल्दी पहनने लगा। कुरते की जेब में हाथ डालकर पैसा देखा, फिर कुरता पहनकर चप्पल पहनने लगा।

ओसारे में बैठी जौनावाली को दिन-दहाड़े इशारेबाजी देखकर चुहल सूझी। पूड़ियाँ तलते उसके हाथ रुक गये।

"ए बबुनी, रात में जी नहीं भरा जो दिन में मटक-चटक ! आंय ?"

"हटो भौजी ! तुमको मजाक सूझ रहा है, यहाँ जान पर बनी है !"

"किसके ?" अचंभे में जौनावाली ने पूछा।

"मेहमानजी के।"

"काहे-काहे बबुनी ? हे भगवान, ई कथी···"

"ई जाति के मल्लाह हैं, गलती से गुंडे भूमिहार समझकर उठा लाये। अब भैया-भाभी को मालूम पड़ गया है···भैया तो काटकर फेंक देंगे··· इज्जत का सवाल···मेरा तो दिल घबरा रहा है भौजी···उनका क्या कसूर ! ऊ तो देवता हैं, हमरा देह भी नहीं छूये···भौजी, हमारा तो कोई नहीं···"

"ई जुलुम, एक त जबर्दस्ती बियाह, अब अपने से गलती हो गयी तो बेकसूर को मारेंगे-पीटेंगे···हमारे रहते ई अनर्थ नहीं होगा बबुनी···तुम पूड़ी छानो, हम जाते हैं लोगों को बुलाने···घबराना मत बबुनी। भगवान सबकी रच्छा करता है···"

जौनावाली हवा हो गयी। फुलेना घर पर नहीं था। चाय पीने चौक पर कामरेड की दुकान तक गया था। दुर्गा स्थान के सामने रोड के उस पार। जल्दी पहुँचने के लिए रोड छोड़ गली-गली भागती जौनावाली दुर्गा-स्थान पर पहुँचकर इधर-उधर नजर दौड़ाने लगी, हाँफती-बेकल। अचानक फुलेना की छींटदार लुंगी चाय की दुकान में नजर गयी। वह दुकान के सामने जा खड़ी हुई।

अचकचाया फुलेना बाहर निकला। भौजी को बदहवास देख परेशान।

"कि भौजी ? क्या हुआ ?"

"बबुआ !" धौंकनी की तरह चलती साँसों को सँभालती जौनावाली बोली, "उ पकड़ौआ लड़का मल्लाह है···गलती से अशोक बाबू उठवाय लिये···शादी के बाद···अभी भेद खुला कि ऊ मल्लाह···मार देंगे उसको ई जालिम, चंडाल अशराफ लोग···बबुनी मर जायेगी, बबुआ···दोनों को बचा लो, बबुआ···बहुत पुन्न होगा···जल्दी··· तोरा हमरे कसम, बबुआ···दोनों को बचाय लो !"

अधर की तरह जौनावाली फिर गली में समा गयी।

15

कहाँ चले गये ? पानी रखवाने को कहा। नहाना है। हे भगवान ! अभी यह होना था···दरवाजे पर खड़ी-खड़ी दुलहिन के मन में उनचास पवन चल रहे थे। शरीर जैसे ज्वर के ताप से झरझरा रहा था। किससे कहूँ उनको बुलाने···सामने बंधू खर्रा से बथान साफ कर रहा था। इस गूँगे-बेहरे को कहना बेकार है। तभी अशोक बाबू की साइकिल अहाते में घुसी। दुलहिन को देख कोने में साइकिल लगायी और बैठक में घुसे।

"क्या हुआ ? कहाँ गये थे ?"

"साला रामौतरा के यहाँ ! कल ही रिश्तेदारी में चला गया··· हमको लगता है जानबूझकर भाग गया···" बदहवास अशोक बाबू की साँसें धौंकनी की तरह चल रही थीं। "पूछा था उससे ?" अशोक बाबू ने पूछा।

"हाँ, तुम्हारा शक ठीक है। यह तो मदन सहनी है। उसी लड़के के साथ रहता है लॉज में। वे लोग गलती से इसे उठा लाये। बोलने भी नहीं दिया। मुँह में कपड़ा ठूँस कर, मारपीट-पिस्तौल के बल पर यहाँ पहुँचा दिया। इसका क्या कसूर···दो गुंडे तो शादी के समय भी आँगन में बैठे थे।"

"मैं नहीं छोड़ूँगा इस साले को ! गलती हो न हो···भूमिहार की बेटी से मल्लाह का ब्याह !"अशोक बाबू लपके आँगन की ओर।

दुलहिन ने रोका।

"पागल होने से काम चलेगा ?···इसको भगा देते हैं, बबुनी को मुंगेर भेज देंगे। वहीं से कहीं और शादी कर देंगे···मारपीट से क्या फायदा ?" छोटी दुलहिन के चेहरे पर कुटिल मुस्कान थी।

कमरे में मदन चिंतित बैठा था कि दुलहिन ने आवाज दी।

"मेहमानजी, इधर आइए !"

मदन दुलहिन के कमरे में चला गया। सशंकित लेकिन संयत और दृढ़। देखते ही दुलहिन बोलने लगी :

"मेहमानजी···उनसे हमने सब बता दिया है। वे बोले कि विधि का यही विधान था। बस···एक कृपा करिए कि आप आज यहाँ से चले जाइए। हम लोग खबर फैला देंगे कि लड़का भाग गया। कुछ दिन यह बात गुप्त रखिए···बात ठंडी पड़ जायेगी तो बबुनी को ले जाइएगा··· इसी में सबकी भलाई है।"

मदन दुलहिन की चाल समझ गया। अब घुमाने-फिराने से क्या फायदा ? सख्त आवाज में बोला :

"भाभी, यह आज्ञा है कि प्रार्थना ? शादी के बाद लड़का कहीं बिन लड़की के घर गया है ?···मुझे जाने में कोई एतराज नहीं है पर ज्ञान को

भी ले जाऊँगा। आप कहेंगी तो जिंदगी भर यह बात छिपाकर रखूँगा कि ज्ञान हरिपरसाद बाबू की बेटी है। लेकिन अकेले नहीं जाऊँगा···ज्ञान मेरी पत्नी है।"

"क्यों आफत में पड़ते हैं ?" दुलहिन झल्ला गयी, "जिद का नतीजा बहुत बुरा होगा···मेरी बात मान लीजिए !"

"नहीं भाभी !" मदन ने सोचते हुए कहा, "मैं अकेले यहाँ से गया, दुबारा ज्ञान का चेहरा भी नहीं देख सकूँगा ! मैं उसे अकेली नहीं छोड़ूँगा।"

"अपनी जान बचाइए मेहमानजी !" मुलायम होती दुलहिन बोली, "आप रहेंगे, तभी पत्नी रहेगी···थोड़ा अकल से काम लीजिए···"

संशय और उत्सुकता से भरी ज्ञान अपने कमरे के पास मदन और भाभी की बातचीत सुनने की कोशिश कर रही थी।

दुलहिन को आने में देर हुई तो अशोक बाबू अंदर घुसे। ज्ञान को कान लगाये देखकर तैश में आ गये और ज्ञान को धकेलते कमरे में ले गये।

"पुराण सुनती है !" हाँफते हुए अशोक बाबू ने बाहर से साँकल चढ़ा दी।

ज्ञान को बंद करने के बाद अशोक बाबू आँगन पार कर दरवाजे के पास रुके और जोर से आवाज दी, "मेहमानजी···जरा दालान में आइए, कुछ बात करनी है।"

आगे-आगे मदन आया, पीछे से दुलहिन। चौकी पर बैठे अशोक बाबू के सामने मदन खड़ा हो गया।

"बैठिए," अशोक बाबू ने कुर्सी की ओर इशारा किया।

मदन कुर्सी पर बैठ गया। दालान के नीचे बंधू दातौन कर रहा था। पिच्च-पिच्च थूक फेंकता जा रहा था।

"क्या सोचा आपने ?" अशोक बाबू ने भरसक मुलायम होते हुए कहा।

"कहते हैं कि बबुनी को भी साथ जाने दीजिए। हम फिर यहाँ कभी नहीं आयेंगे, न इस बात का जिक्र ही करेंगे। पर अकेले नहीं जायेंगे।" दुलहिन ने दरवाजे पर से ही सुनाया।

"आप समझते क्यों नहीं···कुछ मेरी इज्जत की भी तो सोचिए !"

"छोटे भइया, आपको भी तो मेरी और ज्ञान की इज्जत की सोचना चाहिए। बिना बहू के जाऊँगा तो माँ-बाप क्या कहेंगे ? ज्ञान का क्या होगा ?"

"सोच लीजिए···अभी भी मौका है !" अशोक बाबू उतावले होकर धमकी पर उतर आये।

"अब कहाँ मौका है, छोटे भइया ? इज्जत के बारे में देर से सोच रहे हैं आप···"

"तो तुम नहीं मानोगे ?" चीखे अशोक बाबू।

बंधू जीभ साफ करता गों-गों कर रहा था। अशोक बाबू ने बंधू को इशारा किया, बंधू दौड़ा।

"बाँध दो इस साले को !"

जब तक मदन सँभलता, बंधू और अशोक बाबू की गिरफ्त में आ गया। दोनों हाथों को उलटा चढ़ाये, बंधू ने उसे अशोक बाबू के इशारे पर खंभे की तरफ ठेला। अशोक बाबू ने बंधू का अंगोछा झपटा और हाथों को उलटकर खंभे से फँसा दिया गया। मदन के दोनों हाथ अंगोछे से बँध गये। क्रोध और बेबसी से मदन का खून खौलने लगा।

"बोलो ! हमारी बात मानोगे कि नहीं ?" विजेता के दर्प से चहके अशोक बाबू।

मदन चुप।

"बंधू ! जा तलवार ला !" बंधू को हाथ के इशारे से अशोक बाबू ने बतलाया। सिर झुकाए बंधू हवेली के पिछवाड़े के दरवाजे की ओर बढ़ा। अपने कमरे की खिड़की में रोती-बिसूरती ज्ञान खड़ी थी। इस आस में कि कोई आये और खोल दे।

बंधू ठिठका।

ज्ञान ने हाथ जोड़कर कुंडी खोलने का इशारा किया।

अंदर जाकर, बंधू ने इधर-उधर देखकर आहिस्ता से दरवाजा खोल दिया। बदहवास ज्ञान दरवाजे की तरफ भागी।

डरा हुआ बंधू पिछले दरवाजे से निकलकर हवेली का अहाता फांदता